GW01238397

VIVRE CONTENT

JEAN-LOUIS SERVAN-SCHREIBER

Vivre content

ALBIN MICHEL

À Perla,
par-delà le contentement.

Un grand merci à Marie de Solemne, qui aura assisté
ce livre, dès le début, en lançant, avec moi, un dialogue
d'un mois d'été entier, sur tous ces sujets qu'elle aime
aussi, en tant que philosophe et femme de cœur.

Un aveu préalable

Autant l'avouer d'emblée : ce livre encourt deux reproches car il est optimiste et il est modeste.

Optimiste par son parti pris : notre vie peut ne pas être dominée par la souffrance et la difficulté. Je ne crois pas ignorer les risques et les drames qui nous guettent tous, et j'y reviendrai souvent. Mais la légitime aspiration contemporaine à vivre heureux me paraît plus accessible qu'on ne le croit. Encore faut-il le vouloir et s'employer à faciliter la tâche au destin.

Modeste car il ne prétend pas donner des solutions, des recettes simples ou rapides pour se maintenir du côté ensoleillé de l'existence. Ou alors, il n'y en aurait qu'une : s'appuyer en toute occasion sur les aspects positifs de ce qui nous arrive.

Mais il ne suffit pas pour cela de s'en tenir à la fameuse méthode Coué, ou au « Je vais bien, tout va bien » du sympathique Dany Boone. Nous traversons tous des circonstances pénibles et des états d'âme complexes, qui requièrent des approches nuancées. Un seul livre ne peut prétendre sur ce point être exhaustif.

Du moins peut-il évoquer quelques pistes de bon sens, qu'un mode de vie trop stressé peut faire oublier.

Ce n'est pas en tant que philosophe ou psychologue, que je ne suis pas, ni journaliste, que je suis, que j'ai écrit ces pages. Mais comme homme, père, amant, entrepreneur, européen et animal, bref comme vivant. Comme tel, j'essaie de faire fructifier au mieux ce capital inouï et transitoire, ma seule vie.

Là-dessus nous sommes tous autodidactes, heureusement libérés des doctrines, mais, de ce fait, un peu nostalgiques de repères. Aussi l'expérience vécue des autres, même différents d'âge, de sexe ou de parcours, peut nous inspirer des idées à mettre en pratique.

Ce livre n'a pas d'autre prétention.

J.-L. S.-S.

Introduction

content ou heureux ?

« J'appelais cette vie être content de peu. »

Victor Hugo,
Les Contemplations.

« Il est plus facile de prendre sur soi,
que de prendre sur les autres. »

Émile Servan-Schreiber,
père de Jean-Louis.

Je suis content de commencer l'écriture de ce livre. La matinée parisienne est raisonnablement ensoleillée, mon bureau est calme, malgré quelques coups de marteau étouffés dans l'appartement voisin, en travaux. Je viens de finir ma tasse de café, comme coup de l'étrier avant cette longue route. Je n'ai mal nulle part. Éléments qui ne sont pas pour rien dans mon bien-être.

Et puis, j'ai envie de ce long colloque avec moi-même pour donner à ce que m'a appris la vie une forme que je puisse partager avec d'autres et transmettre aux miens.

Jules Romains faisait dire à son docteur Knock : « La santé est un état précaire qui ne présage rien de bon. » Il m'arrive de me demander s'il n'en est pas de même pour mon plaisir de vivre. À une époque où la plainte se fait mieux entendre que la satisfaction (vite soupçonnée d'être béate), une vision positive de la journée et de ses suites peut inquiéter. On attend la tuile qui ne saurait manquer de tomber.

Or, jusqu'ici, la vie n'a pas été trop méchante avec moi. J'en ai tiré quelques conclusions sommaires : j'ai eu de la chance, je dois avoir un caractère optimiste, enfin ma mémoire sélectionne probablement davantage les bons moments que les mauvais.

Mais ça reste un peu court. Au rang de mes petites superstitions affleure celle-ci : la chance est un volatile qui vous visite plus volontiers si vous lui préparez son nid.

Quelle recette pour ce faire ? Favoriser ce qui me mène au contentement, éviter ce qui peut le contrarier : qui n'essaie d'en faire autant ?

Mais ça ne marche pas toujours, du fait des coups durs, des malaises et insatisfactions courants, des blocages face au plaisir. On sent combien il est facile de se laisser emporter par le fleuve du négatif ordinaire et de se résigner à la grisaille dans nos journées. J'ai donc entrepris de mieux comprendre ce que j'ai appris au fil des années et qui m'a permis, jusqu'ici, de ne pas trop glisser dans ce pessimisme.

Le premier atout, je le partage avec presque tous ceux qui vont me lire, celui de vivre dans une contrée (la pointe occidentale de l'Europe au début du XXIe siècle) où la chasse au bonheur est ouverte. « Le bonheur est une idée neuve en Europe », avait prophétisé Saint-Just deux cents ans trop tôt. Il nous aura fallu attendre une paix durable et d'immenses progrès de la santé et de la prospérité pour que les conditions objectives en deviennent accessibles. Un environnement plus favorable que jamais dans l'Histoire. Mais pour autant la société ou le gouvernement ne peuvent évidemment pas nous garantir notre satisfaction d'exister. Atteindre cette dernière n'est qu'affaire individuelle. Comme chacun de nous, je l'ai découvert à travers les bonnes et les moins bonnes circonstances de ma vie. *Il m'a semblé alors que, comme l'amour, le bonheur adviendrait plus sûrement si je ne le cherchais pas trop directement.*

« J'ai souvent connu le bonheur, mais ça ne m'a jamais rendu heureux. » Ce mot poignant d'un patient de Boris Cyrulnik fait écho à celui de Woody Allen : « Qu'est-ce que je serais heureux si j'étais heureux ! » Car ce bonheur tant convoité est intimidant et insaisissable. Immense motvalise dans lequel chacun enfourne ses rêves comme ses meilleurs souvenirs. Il est plus facile de fantasmer un bonheur à venir ou de regretter celui d'antan que de s'en assurer dans l'heure. Le dérisoire « Alors heureuse ? » souligne combien le mot est plus souvent galvaudé qu'approprié. Et puis, comme le disait ma mère, s'affirmer heureux n'est-ce pas tenter le sort ?

Aristote faisait remarquer que tout le monde, évidemment, cherche le bonheur. La poursuite du pouvoir, de la richesse, de la santé ou de la beauté n'a pas d'autre but. *Or le bonheur ne découle pas directement d'un objet ou d'un événement, mais de la manière dont nous ressentons ces derniers.* On ne peut donc pas s'en saisir, comme s'ils étaient sur une étagère, mais seulement agir sur l'effet que nous font ces événements ou ces objets.

La satisfaction sans le moindre effort de nos besoins matériels couplée à l'absence de travail ou de contraintes, comme dans le cas de celui qui est né riche, qui vient de gagner le gros lot, ou qui a réussi le casse du siècle, ne devrait-elle pas nous rendre heureux ? Or, on constate bien l'inverse : l'absence de nécessité comme celle de projet mène directement à la déprime.

Des enquêtes d'opinion menées aux États-Unis ont montré qu'entre les moins riches du pays et les plus favorisés matériellement, le sentiment de bonheur n'était que de 25 % supérieur chez ces derniers.

J'espère pouvoir dire, vers ma fin, que j'aurai eu une vie heureuse, mais c'est bien à moi d'en favoriser les conditions, par mes choix de vie et mon attitude. Le bonheur, je ne m'autorise à en parler que rétrospectivement : « L'été dernier a été heureux. » Dans l'instant présent, c'est-à-dire là où je suis, je peux en revanche éprouver du plaisir ou du bien-être, ressentir une bouffée de joie ou d'enthousiasme. Et quand l'une ou plusieurs de ces sensations me traversent, je suis content.

Content, le mot peut paraître étriqué, un peu court, sans ambition ; je le ressens plutôt comme modeste, réaliste et adapté à cette époque désillusionnée. Être content c'est simplement avoir une conscience positive de ce que l'on est en train de vivre.

Il ne suffit pas qu'un plaisir nous soit accessible, encore faut-il savoir en profiter. Si l'on m'offre du caviar au moment où l'on m'annonce une nouvelle fâcheuse, je n'en profiterai évidemment pas. Il faut donc la rencontre d'un fait générateur de satisfaction, morale ou physique, et d'une disponibilité à en profiter. Et de ces deux conditions, c'est notre état intérieur qui compte le plus. Si nous sommes en bonne disposition, un rien nous rend contents : une bouffée d'air pur, le sourire d'un passant, la simple évocation d'une rencontre prometteuse. Alors qu'en proie au chagrin, l'accès aux plaisirs les plus convoités nous laisse impavides.

Notre météo intérieure est soumise à la moindre variation – ne suffit-il pas d'un clou dans ma chaussure pour me gâcher la plus jolie des promenades ? C'est pourquoi je ne tiens pas le contentement pour une satisfaction mineure.

Même sans véritable souffrance, une attente ou un doute suffisent à nous empêcher d'apprécier l'instant. En même temps, chaque jour nous offre de nombreuses occasions de contentement, au gré de nos actions ou de nos rencontres.

Tandis que le mot bonheur induit une nuance d'absolu (peut-on n'être qu'un peu heureux ?), on peut être content par simple contraste : un bruit gênant qui s'interrompt enfin, une crainte qui se révèle vaine, l'amélioration légère d'un état de santé. Même en prison, un rayon de soleil sur le mur peut réchauffer le cœur.

J'ai l'impression que mon aptitude au contentement s'est améliorée avec l'expérience. Jeune, on peut croire que tout ce qui nous arrive de bien est normal, puis on apprend à l'usage que les plaisirs les plus simples sont toujours une aubaine.

Pour développer notre aptitude à être content, apprenons à jouer sur notre niveau d'exigence. *Les grandes ambitions, les idéaux bien fermes peuvent nous pousser à l'action, mais nous tenir éloignés du contentement.* Rien n'est plus courant que de ne pas parvenir à se satisfaire de ce que l'on accomplit ou de ce qui vous est proposé, par souci de perfectionnisme ou soif illusoire d'absolu. J'ai appris qu'il était plus gratifiant et plus aisé de « se contenter de peu », comme le notait Victor Hugo, tout en s'efforçant de ne pas considérer cette concession comme une défaite ou un amoindrissement de l'idée que l'on se fait de soi.

Chacun est ainsi en mesure d'esquisser une « technologie du contentement » dont le principal atelier est soi-même. Ce livre tentera de l'explorer en évoquant différentes situations de vie.

J'ai appris à effectuer mes choix ordinaires ou exceptionnels en n'oubliant pas de tenir compte, parmi mes priorités, de ce qui pourrait me rendre le plus content. On peut trouver cela évident, pourtant qui le fait systématiquement ?

Nous sommes plutôt encombrés d'objectifs trompeurs, comme ce que les autres vont penser de nous, ou ce qui sera conforme aux supposées normes morales ou sociales dont nous avons hérité. Plus je me concentre sur le résultat (être content) et moins sur les principes, plus je me rends la vie agréable. Mais il ne suffit pas de le comprendre pour le faire. J'ai tiré leçon de nombre d'expériences désagréables avant d'en faire un réflexe.

Savoir ce qui me plaira implique aussi de me connaître de mieux en mieux. De toutes nos connaissances, celle-ci est la plus précieuse pour mener une bonne vie. Elle nous évite les pièges les plus frustrants, comme de s'en vouloir d'avoir consacré des efforts importants à obtenir une satisfaction trop petite.

De même qu'il n'y a pas d'amour, mais seulement des preuves d'amour, on constate qu'il n'y a pas de bonheur, mais des instants heureux, petits ou grands, où je me sens content. Il est à ma portée de jardiner ces derniers à la mesure de mes moyens et des occasions de la vie. Et c'est en agissant sur moi-même que j'ai le plus de chances d'en garnir mon panier.

1

La famille

le creuset de nos névroses

Je suis né dans une famille nombreuse et je ne l'ai pas regretté. Deux avantages à ce grouillement me sont à l'usage apparus évidents : il s'y passe toujours quelque chose et, malgré la disparition des parents et l'usure des rapports fraternels avec le temps, il en reste quelques-uns à fréquenter.

Nous étions cinq enfants et, par chance, j'étais le dernier, loin derrière l'avant-dernière. Mes aînés m'ont considéré comme leur bébé, et comme ils étaient occupés à leurs adolescences, puis à leurs débuts dans la vie, ils n'ont pas vraiment eu le temps de m'embêter. Petit, j'ai presque eu mes parents pour moi seul puis, devenu grand, j'ai rejoint une fratrie en plein essor.

La littérature abonde en ouvrages qui clouent les familles au pilori pour venger leurs auteurs des avanies qu'ils ont endurées. C'est logique, qui achèterait un livre intitulé « J'ai eu une famille épatante » ? J'en conclus qu'il faut me faire pardonner d'avoir eu des parents aimants, intelligents et unis, et des frères et sœurs créatifs et plutôt vivables. Dans ma jeunesse, valoriser sa famille paraissait normal. Vingt ans plus tard, cette dernière a connu un discrédit aussi brutal que provisoire. Aujourd'hui, dans ses nouveaux habits recomposés, elle revient comme valeur refuge, tandis que les autres structures de la société vacillent.

C'est vrai que, du simple fait que nous y passons nos premières années, la famille est le creuset de nos névroses. C'est vrai qu'être parent est un métier aussi impossible qu'irremplaçable. C'est vrai qu'il n'est pas automatique de se lier d'amitié avec ses frères et sœurs. Mais c'est vrai aussi que pour la majorité d'entre nous, le lien familial, avec toutes ses pesanteurs, demeure positif et structurant.

Maintenant que ma personnalité est à peu près construite, je reconnais que chacun des membres de ma famille a pu me servir d'exemple, pour une part de mon propre puzzle intérieur ou, ce qui est tout aussi utile, de contre-exemple.

De mon père Émile, je tiens le goût de la vie et de ses plaisirs, le refus de prendre quoi que ce soit totalement au sérieux (surtout soi-même), la confiance dans les autres, au risque de la naïveté et, enfin, l'amour des animaux. De ma mère Denise, le sentiment que le tragique n'est jamais loin, l'importance de « se tenir » et de faire face, et la conviction qu'il vaut mieux aider la chance. De mes deux parents la croyance que la provocante devise de Churchill – « *Right or wrong, my country* » (Qu'elle ait raison ou tort, c'est ma patrie) – s'applique assez bien à la famille.

De mon frère Jean-Jacques, journaliste et politicien flamboyant et controversé, j'ai beaucoup appris. Qu'une existence sans audace de la pensée et de l'action serait insipide, qu'il est possible d'inventer sa vie, que les frontières entre les pays n'ont plus grand sens, que l'exigence s'applique à soi comme aux autres. Mais en faisant le bilan de son parcours, avec une quinzaine d'années d'avance sur moi, j'ai aussi compris ceci : un dédain pour le quotidien et la matérialité peut ruiner les projets les plus grandioses ; l'excès de confiance en soi est la plus coûteuse des imprudences ; chaque amitié brisée est une perte de substance vitale.

De ma sœur Brigitte, qui a su creuser son trou en politique presque seule, j'ai admiré la ténacité courageuse ; de ma sœur Bernadette le goût du beau ; de ma sœur Christiane, essayiste et véritable chef de sa famille, la force de rire de tout et de rebondir dans l'adversité.

Arrivé le dernier, j'ai donc bénéficié d'un poste d'observation instructif sur les accidents de vie des miens et leurs inévitables failles. Rien d'exceptionnel au demeurant, mais ce que la fréquentation de sa propre famille garantit, c'est de voir se dérouler les vies de ses membres en temps réel et sur la longue durée. Un véritable laboratoire du vivant de ceux qui ont les mêmes gènes que soi.

Au fond ils sont comme tout le monde, mais on les voit de près. J'ai oscillé entre l'envie et la crainte de leur ressembler.

J'ai toujours travaillé avec des membres de ma famille (parents, frères et sœurs, cousins, conjoints et enfants), ce qui comporte des risques évidents (comment s'en sortir quand ils ne sont pas assez bons ?), mais aussi des avantages notables (une confiance à priori, dont on apprend à l'usage qu'elle a aussi ses limites).

Même si c'est généralement déconseillé, j'ai pourtant suivi là mes envies. Il en est résulté des blessures d'amour-propre, des conflits mémorables, des fâcheries de vingt ans, mais au total je ne regrette pas de l'avoir fait. Car ce n'est qu'autour de projets communs qu'on apprend à se connaître vraiment et qu'on se rencontre plus souvent que pour les mariages et les enterrements.

Pour fonctionner comme famille, la parentèle a besoin, à chaque génération, d'un pôle fédérateur. Traditionnellement, dans les milieux nantis, c'était la maison de vacances. Mais quand la diaspora est devenue la règle et que se réunir demande des efforts et des horaires de transports pas toujours compatibles, la meilleure incitation reste de vouloir faire plaisir à un parent pivot.

Avant la guerre, mon père et ses deux frères déjeunaient chaque semaine chez leur mère. Ils venaient sans leurs femmes, qui ne s'entendaient pas au mieux. Toute mon enfance et tant que l'un de mes parents a vécu, ma fratrie, suivant cet exemple, a dîné chaque mercredi autour d'eux. Au moins venions-nous en couple, car les relations entre ceux ou celles que nous appelions les « pièces rapportées » s'étaient adoucies. Nous nous regroupions à table selon les affinités, ce qui nous permettait, Christiane et moi, de rire, plus ou moins sous cape, des grands discours que tenait Jean-Jacques. Régulièrement, ma mère nous foudroyait du regard, ce qui redoublait notre hilarité. Nous rouspétions un peu de devoir nous plier à ce rituel hebdomadaire, mais c'était sacré pour les parents et ça ne nous déplaisait pas tant que ça.

Gardienne de la tradition après la mort de mon père, notre mère a institué le même dîner pour ses petits-enfants, nos rejetons, qui étaient ravis de se retrouver entre cousins. Maintenant qu'ils ont entre trente-cinq et cinquante ans, ils en parlent encore en gloussant.

Et puis la Mamie est morte et ces cousins ont engendré leurs propres enfants. Mes frères et sœurs et moi n'avions plus guère envie de nous retrouver souvent ensemble. Les sympathies ou les cicatrices d'inévitables conflits nous ont fait préférer les rencontres sélectives, rarement à plus de deux. De même, nos enfants continuent aujourd'hui à se voir selon leurs affinités.

Pour conserver vivante l'idée de famille, il fallait trouver des occasions, même plus rares, de se rassembler tous ensemble. Le passage du siècle en fut une. En janvier 2000, j'ai organisé un brunch dominical dans un restaurant forcément spacieux, où se sont retrouvés tous les descendants de mon père et de ses deux frères, un peu plus d'un siècle après la naissance de ces derniers. Nous étions une bonne centaine, entre quatre-vingt-quinze ans et six mois, et certains ne s'étaient jamais vus. Nous portions des badges d'identification, tous ceux qui en avaient envie ont pris le micro et l'on a beaucoup ri. La plupart d'entre eux disent en avoir conservé un bon souvenir.

À mon tour, j'ai fondé une famille nombreuse et j'observe avec une attention amusée comment chacun de mes enfants se débrouille avec cette réalité chaleureuse et encombrante. J'ai essayé de remplir mon rôle de père, un peu tête de cordée, mais je sens bien que c'est à eux d'écrire la suite de l'histoire. Nous en parlons occasionnellement et je constate que, maintenant qu'ils ont à leur tour leurs enfants, ils en tirent les mêmes satisfactions que moi.

Les enfants ! Probablement la source la plus forte,

tour à tour, de contentements et de vrais soucis. Pour le meilleur et pour le pire, bien plus que nos amours qui, si elles tournent mal, peuvent finir. Avec les enfants, c'est pour la vie. Claude et moi avons eu les quatre nôtres naturellement, par mimétisme de famille nombreuse, et ne l'avons jamais regretté. Si l'on attend de s'être installé dans un métier, d'avoir trouvé un logis à la bonne taille, et, établi un couple éventuellement viable, on en fait tard, donc moins, voire pas du tout. Or, sur la totalité du parcours, beaucoup d'enfants c'est beaucoup de vie, c'est-à-dire plein de joies et de problèmes.

Jeunes, ils sont pur sucre, sauf que les nouveaux parents, en pleine activité, ne s'en offrent que des cuillerées sporadiques. Surtout le père, à l'époque où j'étais dans le rôle (et ils ne se sont pas fait faute, une fois adultes, de me culpabiliser de n'avoir pas été assez présent). Après les délices de la petite enfance, il faut bien traverser les zones de turbulences de l'adolescence, prélude à l'éloignement. Même quand ils ne se droguent pas, ne refusent pas soudain de travailler, ou ne vous insultent pas (les miens m'ont évité ces tracas désormais courants), le parcours est rugueux. Ils nous offrent un test grandeur nature de notre capacité à rester contents malgré tout.

Parce qu'ils vont, à leur tour, faire face aux difficultés et que rien ne vaut de mettre en péril les relations les plus longues que nous vivrons avec eux – celles entre adultes –, il faut tenir et gommer, souvent, nos amours-propres mal placés (avec les enfants, tout amour-propre est mal placé).

Nos enfants sont les exemples incarnés de la vie comme elle est : loin d'être idéale, mais irremplaçable.

Plus j'ai appris à les accepter tels quels, plus j'ai profité d'eux, quasiment quoi qu'ils fassent. Mais il faut pour cela un solide travail sur soi, sa patience, son ego, ses exigences et ses rêves. Merci mes petits, devenus grands !

Fascinante, mouvante, fragile, oppressante, stimulante, ennuyeuse, à fuir ou à rechercher, chacun vit sa propre expérience de la famille. On devine que je ne fais pas partie de ses détracteurs, même si les devoirs qui en découlent ne sont pas toujours légers ou joyeux. Elle reste un observatoire de la vie, intensifié et souvent caricatural. La famille : un très vieux truc omniprésent, non sans raisons, sur la planète, et qui manque à ceux qui n'en ont pas. Voici quatre générations que je le constate, sans me lasser de ce groupe humain unique.

2

Le réel

l'apprentissage de la soumission féconde

Comme tous les bébés, j'ai commencé ma vie tel un empereur persuadé d'être le centre du monde. C'est au moment où nous sommes le plus démunis devant l'univers que nous voudrions le plus qu'il nous obéisse. En grandissant nous assimilons nos contraintes, c'est-à-dire le réel.

Depuis que je fais allégeance à ce dernier plutôt que de prétendre négocier avec lui, je me sens à l'aise dans ma propre vie. Car pour moi comme pour vous, il est le suzerain dont nous habitons le royaume. Le réel c'est le grand tout qui nous entoure, depuis la texture de ma propre peau, jusqu'aux galaxies les plus lointaines. Chacun de nous en fait intégralement partie mais n'en connaît qu'une infime parcelle. Toute tentative pour l'esquiver ou pour s'y opposer est évidemment dérisoire et source d'ennuis cuisants.

Car contrairement à ce que je pouvais espérer dans mon berceau, l'univers n'est en rien destiné à répondre à mes besoins. Il serait plutôt infini, vide, froid et hostile. Nous pouvons heureusement nous y adapter (l'adaptation est une des plus étonnantes et utiles capacités humaines), nous ne le changerons pas d'un iota.

L'apprentissage d'une vie harmonieuse s'est fait pour moi à l'école du réel. Curieusement, on ne nous en parle pas tellement dans notre enfance. *La pratique du réel demande du réalisme et personne n'est réaliste de naissance.*

Je me souviens de mes perplexités quand j'étais petit. Vers l'âge de cinq ou six ans mes parents et leurs amis parlaient devant moi d'événements ou d'autres gens. Je comprenais déjà leurs mots, mais je m'irritais de ne pas savoir exactement à quoi ils faisaient référence. Le réel (je ne savais pas encore qu'il fallait l'appeler ainsi) me semblait être comme un puzzle dont je commençais à deviner les contours, mais auquel il manquait trop de pièces pour que je puisse en distinguer le dessin. Je posais des questions et les adultes se lassaient. Leurs « Tu comprendras plus tard » m'énervaient, mais j'ai dû attendre.

En fait, j'étais déjà en plein réel, puisqu'il n'est pas question d'être ailleurs, mais ce que je percevais du mien était trop étroit, trop flou pour me tranquilliser. Comme tous les enfants je comblais les trous avec mon imagination, et donc avec de l'irréel.

Il ne m'a pas fallu moins que toute ma vie pour me rapprocher d'une juste évaluation des « choses » et en tirer quelques conclusions pratiques. Comment fonctionnent mes semblables ? Qu'est-ce qui est à ma portée ou inaccessible ? J'avais tout à apprendre. Je l'ai fait comme tout le monde, davantage à l'occasion de mes erreurs et de mes échecs que de mes réussites, lesquelles gardent toujours un côté mystérieux. Tandis qu'en se cognant contre le mur de la réalité, on peut au moins situer cette dernière concrètement. J'ai essayé de m'en souvenir pour la fois suivante. Cependant, comme la vie nous ressert rarement les mêmes plats je suis en risque de me tromper à tout moment sur ce qui est vraiment en train de se passer. Je reste donc sur mes gardes.

Qu'ai-je appris d'utile ? Que le réel n'est ni ami ni ennemi, puisqu'il recèle aussi bien les plus suaves plaisirs que les plus grands périls. Qu'il est comme la mer pour le navigateur, il ne pardonne pas l'erreur ou l'impréparation. Dans ce monde, tout a une conséquence, en bien ou en mal.

J'en ai vite conclu qu'au bout de sa vie, le plus heureux ne sera pas celui qui a eu le plus de traits de génie, mais celui qui sera resté au plus près des faits.

Le réel me fascine puisqu'il est incommensurable, tandis que je me sais absolument *commensuré*. Face à lui je suis objectivement seul, ignorant, chétif et tellement éphémère. Comment donc vivre content en tant que grain de poussière du cosmos ?

Depuis Pascal on se console en s'affirmant roseau pensant. Certes, mais il pense bien peu. Non seulement il est incapable de se représenter l'ampleur de l'univers, mais il ne peut connaître, ni même imaginer, la complexité de ce qui se passe autour de lui, ne serait-ce que dans l'immeuble où il habite. Cela devrait rendre modeste.

Chaque jour ma vie me propose des choix d'importances diverses : choisir mon accoutrement, dire ce que j'ai sur le cœur, contacter l'un ou l'autre, entamer un projet, occasionnellement me marier, en tout cas choisir le repas du soir. Toutes ces décisions vont composer ma réalité vécue et j'essaie de deviner (car comment *savoir* ?) le degré de satisfaction que je peux en tirer, ou les difficultés que je vais éventuellement rencontrer. Quelle que soit l'expérience que j'ai pu accumuler, elle ne me prémunit pas contre les erreurs d'appréciation, puisque rien n'est jamais exactement pareil.

Même avec les personnes que je connais le mieux ou dont je partage la vie, chaque rencontre est unique, car l'instant et les circonstances sont chaque fois différents.

De ce fait, nous ne pouvons être d'avance sûrs de rien.

Mais ne vaut-il mieux pas qu'il en soit ainsi pour que notre vie ne devienne pas monotone ? À tout prendre, mieux vaut avoir d'occasionnelles mauvaises surprises que plus de surprises du tout.

De toutes mes erreurs d'appréciation du réel, les plus fâcheuses et les plus vexantes sont celles que je fais sur moi-même, mes capacités, mes réactions, mon fonctionnement. Que je n'aie qu'une vague idée de la vie en Zambie, je ne m'en fais pas reproche. Mais que j'aie mal jaugé mon aptitude à mener à bien une tâche à laquelle je me suis engagé peut me faire honte.

Le « Connais-toi toi-même » de Socrate restera, pour toute la durée de l'espèce humaine, le meilleur conseil de bon sens. Car notre seule fenêtre sur le réel est faite de nos perceptions, de nos neurones et de notre sensibilité. Comme cette dernière est forcément biaisée (ne sommes-nous pas, tous, des normaux névrosés ?), mieux vaut essayer d'étalonner autant que possible l'instrument. La maladie mentale ne consiste-t-elle pas, justement, à percevoir une réalité déformée au point de rendre notre fonctionnement au milieu des autres douloureux voire impraticable ?

Le but de toute thérapie est de nous permettre de voir un peu plus les choses comme elles sont, avec le moins de préjugés et d'illusions possible. Sénèque l'avait formulé parmi les premiers : « Ce qui nous fait du mal ce ne sont pas les choses, mais l'opinion que nous nous faisons d'elles. »

Devant une tragédie accomplie, comme le deuil d'un être cher, la profondeur et la durée de notre chagrin dépendront moins de l'événement lui-même que de la manière dont nous le vivrons intérieurement, puisque nous ne pouvons plus rien au fait qu'il ait eu lieu. Le slogan de certains hippies « La vie est dure, ensuite on meurt » n'est pas faux, mais la manière dont nous le recevons reste une affaire de point de vue. Je peux en sourire ou m'en affliger.

Pour que la vie me soit la moins pénible possible, il est à ma portée d'agir un peu sur les événements et bien plus sûrement sur l'effet qu'ils me font.

Je reconnais que ce n'est pas facile, que nous sommes plus ou moins doués pour ce travail sur nous-mêmes, qui souvent va prendre l'essentiel d'une vie. C'est pourquoi il nous arrive souvent de préférer l'illusion. S'échapper du réel est impossible (enfant, j'avais mis dans la voiture de mon père, qui conduisait mal, ce proverbe anglais : « *Don't worry, you'll never get out of this world alive* », « Ne vous en faites pas, de toute façon vous ne sortirez pas de ce monde vivant ! »). Mais parvenir à faire dans notre tête une pause par rapport au réel est de tout temps, pour les humains, une source inépuisable de créativité... ou de marketing. Chaque roman, chaque film, ou, à l'extrême, chaque dérivatif, du whisky à la coke, ne visent-ils pas à nous faire oublier un instant les duretés de cette existence ?

Quel que soit mon respect pour la réalité, je ne crois pas que la recette d'une vie heureuse soit de la scruter en permanence au fond des yeux. Chacun a intérêt à trouver sa manière de s'en « divertir » au sens pascalien.

Il me semble que savoir s'en abstraire sans le perdre de vue est inclus dans un usage judicieux du réel. Le tout est une question de dosage. Car, dès que l'évasion nous devient prioritaire, nous sentons bien que nous vivons mal.

L'image que je me fais du réel est celle d'une immense caverne, où je vis, et que je ne peux éclairer que d'un pinceau de lumière. Je peux choisir de promener ce dernier dans la direction que je choisis, mais jamais il ne sera assez large pour m'en fournir une vue d'ensemble. Cette caverne est tout à fait indifférente à ma présence, d'ailleurs provisoire, et il me revient entièrement de trouver le moyen d'y séjourner au mieux. Le levier le plus à ma portée, dans cette tentative, est la réflexion, le dialogue intérieur. Une confirmation de plus que ma meilleure ressource est en moi-même.

3

Le corps

le meilleur de nos placements

Quand je me suis avisé que j'avais un corps, il ne m'a pas tellement plu. J'ai entrepris de le retravailler et depuis, c'est mon meilleur copain. Chaque matin il est ma première rencontre, nu devant moi, bien éclairé dans le miroir. Selon les jours, je suis plus ou moins satisfait de la figure qui le surmonte, mais en dessous du cou, sa forme me rassure. Elle me donne confiance, statistiquement, dans mon avenir à moyen terme (à long terme, nous rappelait Keynes, nous sommes tous morts), et elle témoigne qu'on peut, au moins un temps, lutter contre la décrépitude.

Mon corps et moi nous entendons bien grâce à ses deux vertus qui ne sont qu'apparemment contradictoires : il sait se faire oublier dans mes activités ordinaires, plutôt cérébrales à défaut d'être intellectuelles ; il est aussi l'intime compagnon de mes plaisirs. À un âge où n'avoir mal nulle part est déjà un privilège, mon corps est un compagnon reconnaissant. Comme je le soigne avec autant de soins qu'un cavalier sa monture, ce qui n'est pas peu dire, il me le rend bien en discrétion articulaire. Quant aux succulences et voluptés, il en est à la fois le vecteur nécessaire et le récepteur haute-fidélité. J'ai appris que ces deux rôles, pour être indissociables, ne doivent pas être confondus. J'ai besoin, pour profiter d'un carré de chocolat, que mon corps aille le chercher, le casse et le porte à ma bouche. Mais si alors, je ne me rends pas mentalement pleinement attentif à la saveur qui va se dégager sur ma langue, tous ces gestes préparatoires auront été vains. Et si je me laissais aller à grignoter la tablette entière, j'aurais, bien avant qu'elle soit finie, perdu le délicieux frisson des papilles occasionné par les tout premiers morceaux, car j'aurais saturé le récepteur de ces délices.

Comme pour chacun de nous, ma relation au corps est forcément étrange puisqu'il est en même temps totalement moi et un objet sur lequel je peux agir. Tout de ma vie passe par lui, y compris l'activité de mes neurones. De ce fait, tout ce qui le concerne est primordial pour mon contentement ou ma difficulté à vivre. Parodiant le manuel d'instruction militaire, j'ai fait mienne sa recommandation à propos des pieds : de quoi est mon corps ? L'objet de tous mes soins.

Inévitablement nous conférons à notre corps un statut dont nous n'avons pas toujours conscience : adversaire ou partenaire, chef-d'œuvre ou prison, accessoire ou objet de culte.

Bien rares sont ceux qui aiment tout de leur corps. N'avons-nous pas nos défauts, nos vices de forme ? On peut toutefois s'en accommoder si ce qui nous gêne en lui n'a pas été méchamment brocardé par quelques remarques ou moqueries intempestives, dans un moment de fragilité, comme l'enfance ou une situation d'infériorité.

À notre époque, on n'est pas forcé de se résigner au corps que l'on a, puisqu'on peut le modifier, par volonté ou chirurgie. C'est à la fois une bonne et une mauvaise nouvelle. Excellente pour toutes les imperfections banales (oreilles décollées, nez démesuré, poches sous les yeux, etc.), s'en affranchir devient presque une formalité. Mais le seul fait que nous puissions choisir fait en même temps peser sur nous une responsabilité inédite : Pourquoi t'acceptes-tu comme ça ? Pourquoi n'as-tu pas la volonté de te changer ? À l'infortune d'être insatisfait de son corps s'ajoute alors celle de s'en sentir coupable.

Les chirurgiens plastiques consciencieux redoutent une autre dérive moderne de leurs clients. Certains trouvent plus simple de se faire retailler une partie d'eux-mêmes que de faire l'effort de s'entretenir ou de travailler en thérapie sur les raisons pour lesquelles ils ne s'aiment pas. C'est patent chez certaines adolescentes, qui, surtout en Amérique, leur demandent de les faire ressembler à une des vedettes qu'elles adulent. Comme un déguisement, pour toute la vie.

À tort ou à raison, on a toujours jugé les gens sur leur mine. C'est plus vrai que jamais et nous sentons bien qu'on peut lire notre apparence physique comme une métaphore de ce que nous sommes intérieurement. Volonté ou paresse, sobriété ou abus, dignité ou laisser-aller affleurent aux yeux des autres. Nous le savons, même quand nous ne voulons pas le savoir, ce qui, selon les tempéraments, peut aussi bien nous miner que nous galvaniser.

Pour nos parents, leur corps était accessoire (à la fois instrument pratique et second rôle) ; ils faisaient avec, sans trop l'assumer. Quand il leur jouait des tours, ils devaient les subir, mais c'était la vie. Désormais, notre corps est devenu notre enseigne, notre brevet de bonne ou mauvaise conduite, puisqu'il est réputé être notre œuvre.

Le fait de l'avoir replacé au centre de nos préoccupations est plutôt salutaire, car il va devoir nous accompagner bien plus longtemps. Plus la durée de vie augmente, moins on devrait accepter de la passer dans un corps de fortune.

J'ai eu la chance, va savoir pourquoi, de sentir, avant d'avoir trente ans, que je devais considérer mon corps à la fois comme le plus fragile et le plus précieux de mes investissements à long terme. Autant pour son aspect que pour son bon fonctionnement, bref sa santé.

Jeune, la carcasse encaisse sans trop broncher les à-coups que nous lui infligeons : manque de sommeil, absence d'exercice, alimentation mal équilibrée, usage de substances divertissantes plus ou moins toxiques. Nous ne réalisons qu'elle peut s'user que le jour où nous nous retrouvons soudain avec une drôle de tête, ou confrontés à une alerte médicale. Et nous découvrons alors combien c'est dur de renoncer à nos mauvaises habitudes.

Le psychologue Pierre Janet notait qu'il est plus facile de monter au combat que d'arrêter de fumer. Au moins n'ai-je pas eu à le faire, mes tentatives d'adolescence pour aimer le tabac, comme les copains, étant restées infructueuses.

Très tôt, une sorte de prudence m'a soufflé de m'imposer quelques disciplines. Ma journée commence toujours par une demi-heure de gym, grâce à quoi je peux me passer d'autres sports. Plutôt que de me battre avec une certaine propension familiale à la corpulence, j'ai arrêté de déjeuner à quarante-cinq ans et me suis aperçu que ce n'était pas si difficile que ça. Je n'ai jamais consommé d'alcools forts, tant je tiens à ma lucidité, et j'ai maintenant pratiquement arrêté de boire du vin. Grâce à quoi, peut-être, je peux continuer impunément à apprécier, le soir venu, toutes les bonnes choses que ma femme, Perla, sait si bien cuisiner.

Ne pouvant ni m'adonner à tous les plaisirs ni y renoncer, j'ai choisi ceux qui m'étaient essentiels et abandonné les autres. Je préfère ça à un usage étriqué d'un peu de tout.

Je n'invite pas chacun à adopter de telles recettes. Rien de plus individuel que la manière de se nourrir ou de se maintenir en bon état de marche. Mais je ne crois pas qu'on puisse se priver d'en choisir une.

Il ne faut pas se cacher qu'un entretien efficace du corps (une partie de tennis ou de golf chaque week-end n'en fait pas office) est astreignant et à perpétuité. Quand j'ai commencé mes exercices matinaux, je me disais que je devrais m'y adonner jusqu'à cinquante ans. Sous-entendu : après, on est vieux de toute façon. Parvenu au-delà de ce cap, j'ai évidemment réalisé que ce n'était pas le moment de me couper de la source de mon énergie. Et que ce ne le serait probablement jamais. Au contraire, je ressens maintenant comme un privilège que mon corps puisse continuer à enchaîner allégrement les abdos et les haltères, avant le vélo d'appartement. Accro comme je suis devenu à cette agitation en chambre, en voyage j'essaie de trouver les hôtels, de plus en plus nombreux, qui comportent une salle de gym.

La bonne nouvelle c'est qu'à l'usage, ces routines fastidieuses ne me pèsent plus. En revanche, je redécouvre toujours à neuf les plaisirs que m'autorise la forme dans laquelle je me maintiens.

Je me dis souvent qu'aucun placement financier à long terme ne m'aurait procuré autant de bénéfices essentiels pour mon bien-être.

4

La mémoire

notre passé est imaginaire

Le jour où j'ai lu l'aveu de Colette : « J'ai une mémoire merveilleuse, j'oublie tout », j'ai éprouvé un grand soulagement. Car je me plaignais de l'insuffisance de la mienne. Bien avant l'âge où l'on s'inquiète d'un éventuel Alzheimer, je ne parvenais pas à rapprocher les visages et les noms des gens, au point d'éviter les cocktails. Avec le temps, j'ai appris à m'accommoder de ce que je ne pouvais pas changer.

L'usage de l'ordinateur m'a mieux fait comprendre, par analogie, le rôle central de la mémoire dans mon fonctionnement : il est triple. On pense spontanément à la fonction documentaire : se souvenir, à point nommé, de ce que l'on a appris et vécu, pour en faire usage dans l'instant. À chacun sa capacité de stockage pour se remémorer les vers de Victor Hugo, les dates des événements de sa vie, les numéros de téléphone.

Dans une autre utilisation majeure, ma mémoire s'apparente aux logiciels que contient mon Mac. Elle me restitue les apprentissages intégrés par l'expérience : langues étrangères, maniement des techniques, de l'usage de la voiture à celui du clavier en passant par le four à micro-ondes et le téléphone portable. Cette mémoire-là, je la situe davantage dans mes pieds qui appuient sur le frein, mes doigts qui tapent mes textes, mes oreilles qui identifient la voix familière, que dans mon cortex cérébral.

S'y ajoute enfin la fonction « dossier système », ces acquis dont on n'a plus conscience, mais qui sont indispensables à notre survie. Capter les signes subtils de danger, que ce soit sur un visage ou pour traverser la rue, réagir à un bruit soudain par le comportement approprié. Tout ce que, nouveau-né, je devais pressentir et auquel, adulte, je ne pense plus, sauf après coup, quand l'événement qui l'a déclenché a déjà eu lieu.

En mémoire de stockage, je me sens mal loti et probablement mal entraîné. En mémoire d'apprentissage, j'ai été content de constater qu'elle pouvait encore, passé la cinquantaine, intégrer l'informatique. Quant à la plus animale, la plus instinctive, j'en ai presque autant que mon chien et ça doit suffire. De ce dispositif un peu faiblard découlent dans ma vie inconvénients et avantages. Pour les premiers : troubles devant des visages connus que je n'arrive pas à situer dans leur contexte ; regret de ne pas pratiquer plus de langues ou discrétion dans les réunions amicales où chacun se met à réciter les poèmes appris dans le secondaire.

Ce n'est qu'à la longue que me sont apparus quelques avantages décisifs : n'avoir gardé de mon passé que des bagages légers. J'ai souri, à posteriori, en réalisant que j'avais serré la main à un ami avec lequel j'avais oublié que j'étais fâché. Mais aussi obligation de mettre au point une organisation méthodique pour me rappeler ce que je dois faire, tout à l'heure ou dans un an. Enfin et surtout, une présence à l'instant d'autant plus aisée que je ne me sens pas encombré d'hier.

Il me semble qu'il faut avoir un peu oublié les jours passés pour mieux désirer celui qui commence.

Pour avoir approché de près des cerveaux frappés par la terrible maladie de l'oubli total, j'ai compris que sans mémoire nous n'existions plus pour les autres que comme un animal bipède aux réflexes imprévisibles, traversé d'éventuels éclairs de réminiscences. Poignant effacement de l'esprit à l'intérieur d'un corps qui ne trouve plus son sens.

Même en bonne forme, même pour les surdoués du souvenir, notre mémoire reste un instrument particulièrement peu fiable, structurellement lacunaire et d'une désarmante imprécision.

Non seulement nous ne conservons que des bribes de ce que nous avons appris pendant d'interminables années d'études, mais nous sommes vagues sur les images de ce que nous avons nous-mêmes vécu. Je me souviens d'une discussion avec ma sœur, à propos d'un fait d'enfance dont nous étions ensemble témoins et donc également persuadés de nous en rappeler. Nos interprétations étant radicalement différentes, il nous a fallu faire appel à notre autre sœur pour nous départager.

La confusion s'est même aggravée depuis que nous vivons surabreuvés d'images. Difficile, quelquefois, de savoir si ce qui nous revient à l'esprit, nous l'avons vécu en vrai ou bien vu, lu ou entendu dans quelque média, et tout aussi difficile de savoir si c'est la scène évoquée exacte. Nous croyons savoir ce dont nous parlons. Un examen plus précis et sincère montrerait plutôt à quel point nous pensons au jugé.

Une autre constatation jette un doute fatal sur la moindre de nos certitudes : *en dehors de ce que nous avons nous-mêmes vécu et dont nous nous souvenons si mal, nous n'avons aucun accès à la réalité du passé.*

Autrement dit, toute histoire, qu'elle soit personnelle, familiale ou avec un grand H, est bien plus une légende que le compte rendu d'une vérité inaccessible car déformée.

Si l'on n'a pas vécu un événement comme la prise de la Bastille, que peut-on en savoir ? Des récits fondés eux-mêmes sur d'autres récits, avec tous les biais et les approximations inévitables qui en découlent. Il n'y a pas deux personnes pour qui les mots « prise de la Bastille » veuillent dire la même chose. Si elles ont lu les mêmes livres, elles n'en auront pas retenu les mêmes faits, au gré de leur humeur ou de leurs affects du moment. Chacun se fabrique des légendes (Larousse : « Histoires déformées et embellies par l'imagination ») d'autant plus floues qu'on se contente souvent de simples repères.

Si mes parents me narrent un épisode de notre histoire familiale, ils sélectionnent les faits de leur point de vue. Je les écoute en retenant ce qui m'aura intéressé, de mon point de vue. Ce qui explique pourquoi je n'ai pas vécu la même famille que ma sœur.

Dans le concret, l'histoire de l'humanité commence et finit avec chacun de nous.

Le peu que j'en sais, on me l'a raconté, en paroles ou en écrits, et je m'en suis fait une représentation qui découle aussi de mon tempérament personnel. Cette dernière disparaîtra d'ailleurs avec moi. L'Histoire est tressée de bouts de vies de moins d'un siècle, tenus entre eux par les mots. Mais elle ne peut avoir aucune continuité.

L'Histoire nourrit nos croyances bien plus que nos connaissances. C'est pour cela qu'elle donne lieu, comme au Proche-Orient, à d'atroces conflits fondés sur la plus fameuse des légendes, la Bible. Elle ne peut pas être une science puisqu'elle ne se fonde pas sur les faits qu'elle doit étudier, mais seulement sur des résumés partiels et partiaux. Cioran est l'un des rares à l'avoir perçu : « Ce qui rend le passé intéressant, c'est que chaque génération le considère de façon différente. D'où la nouveauté intarissable de l'Histoire. »

Il se trouve que j'écris, depuis plus de quarante ans, un journal quotidien. Il a commencé par mimétisme, car François Mauriac, qui faisait son Bloc-notes dans *L'Express*, avait offert à l'adolescent que j'étais un « livre blanc » accompagné d'un mot qui m'incitait à en noircir les pages chaque jour. Flatté, j'ai obéi à l'écrivain et n'ai jamais pu me départir de cette hygiène. Je pense en effet que cette rétrospection, chaque soir, sur ce qui a pu m'occuper dans la journée m'a probablement évité une psychanalyse.

Mais ceux qui connaissent ma pratique pensent que j'ai ainsi à ma disposition, par écrit, l'histoire détaillée de ma vie. Or, par manque de temps, obligation de sélection et paresse, je ne fais qu'un minuscule prélèvement sur le déroulement des faits et/ou de mes pensées et humeurs, pendant la journée écoulée. L'équivalent d'une carte postale pour relater un voyage d'une semaine. Ce n'est même pas le reflet de mes pensées au cours de la journée, mais seulement de celles qui me reviennent au moment où j'écris. Le présent coule entre mes doigts comme du sable dont je ne peux retenir que quelques grains.

Pourquoi cette digression sur l'Histoire à propos de la mémoire ? Les deux sujets sont de même nature et tout aussi déformables l'un que l'autre. Un danger auquel je ne peux échapper qu'en me souvenant, au moins, qu'elles ne reflètent pas une vérité mais une interprétation, elle-même mouvante. Aucun de mes quatre frères et sœurs n'aura connu la même mère que moi. Il n'y a pas un seul Français qui s'imagine le même Napoléon que moi. Et ni l'un ni l'autre, dans ma tête, ne sont identiques à ce que j'en pensais il y a dix ans, voire la semaine dernière. La conséquence que j'en tire pour ma vie quotidienne est claire : *mon passé est d'abord imaginaire et ne peut que s'effriter, au fur et à mesure que j'essaie de l'approcher ou de le préciser.*

Pour m'en consoler il me suffit de penser à cette réflexion de Nietzsche : « L'avantage d'une mauvaise mémoire est qu'on jouit plusieurs fois des mêmes choses pour la première fois. »

Et comme les premières fois sont les plus délicieuses, quel avantage !

5

La sexualité
les délices de notre programmation génétique

Malgré le temps que j'y consacre et l'intérêt que je lui porte, je mourrai un peu frustré de ne pas avoir tout compris de la sexualité, mais conscient tout de même de ne pas être passé à côté. Je ne souscris donc pas à l'affirmation de Woody Allen, selon qui la mort a deux avantages sur la sexualité : du moins on est seul et il n'y a personne pour se moquer de vous.

La sexualité, dans notre vie, c'est une grosse boîte noire tapissée de velours. Ce qui s'y produit est à la fois obscur, puissant et potentiellement sublime. Et quand ça ne se passe pas de façon satisfaisante, on peut oublier et recommencer.

Il y a, paraît-il, des explications anatomiques à ce mélange troublant d'évidence et de mystère : nos deux cerveaux. Derrière le front, le cortex pensant, qui nous vient de Sapiens ; au-dessus de la nuque, le limbique, que nous partageons avec les crocodiles. Or, on sait que ces reptiles ne dorment que d'un œil.

Du fait de connexions imparfaites, nos deux cerveaux cohabitent plus qu'ils ne coopèrent, ils s'influencent plus qu'ils ne s'harmonisent. Mon moi cortical ne cesse de s'étonner voire de s'irriter que ce moi limbique soit tout aussi moi que lui. Il m'a fallu du temps pour que s'apaise en moi cette querelle et que j'échange des clins d'œil complices avec mon crocodile.

Pour moi la sexualité a tellement plus d'avantages que d'inconvénients ! Source renouvelable d'énergie, de jouissances, de curiosité, d'imagination, de fantasmes, de piment relationnel et de retour au naturel. Dans la colonne des moins, il me reste encore un peu de honte (d'avoir des désirs pour de drôles de personnes), de culpabilité (d'avoir causé quelque chagrin amoureux), d'inquiétude (de se voir rejeté ou de ne pas pleinement satisfaire l'autre), de crainte (d'aller jusqu'à se mettre en danger pour suivre ses pulsions).

Rétrospectivement, les bons souvenirs gomment les autres, avec des rires en prime. Je constate que me revient alors à la mémoire moins l'intensité de jouissances physiques que les moments de connivence nue, y compris avec des inconnues que je n'ai jamais revues depuis.

J'avoue que les étonnements comptent autant, dans ma vie sexuelle, que le plaisir tactile.

À commencer par la découverte du temps qu'il faut pour apprendre comment s'y prendre, ce qu'on peut en attendre, et... à quoi ça sert vraiment.

Je n'ai pas été précoce. La première fois que j'ai fait complètement l'amour, au-delà des caresses d'adolescents, c'était à dix-huit ans, avec celle qui allait devenir ma première femme. Du coup, ma vie de garçon a été remise à bien plus tard, mais je n'ai pas eu à le regretter.

Il m'aura fallu longtemps pour me convaincre que les femmes pouvaient aimer autant que moi faire l'amour. Dans l'atmosphère post-victorienne de ma jeunesse, on en savait plus sur les pudeurs des demoiselles que sur la jouissance féminine. Et pendant mes premières années de jeune mâle, mon dosage hormonal me poussait au machisme : la satisfaction de mon plaisir venait avant la curiosité pour celui de mes partenaires tant souhaitées.

Pour autant, je ne supportais pas ceux de mes camarades post-pubères qui ne parlaient que de ça, en termes vulgaires, réduisant les filles au seul contenu de leur lingerie intime. Sur ce point, je n'ai guère changé : les propos de chambrées ou de vestiaires sportifs me font regretter que, chez nous, les sauriens sachent parler.

La période de ma vie où j'ai commencé à rechercher plus activement d'autres rencontres a correspondu à l'avènement du féminisme idéologique. Que n'ai-je pas entendu alors sur la non-indispensabilité des hommes ou l'assimilation de toute drague à un viol potentiel ? Il est vrai qu'à l'époque je passais pas mal de temps aux États-Unis où hommes et femmes ne se font guère confiance.

Pour commencer enfin à mesurer la richesse réjouissante des rapports hommes-femmes, rien ne pouvait remplacer la diversité des expériences. Je garde une pensée tendre pour ces femmes qui, en s'ouvrant à moi, m'ont tant appris sur la féminité et sur mes propres désirs. Car la grande question de la sexualité, à mes yeux, restait « À quoi ça sert ? ». J'étais au courant des fonctions reproductrices, les naissances de mes enfants ne m'ont pas surpris. Je n'ignorais rien des élans physiques d'un homme normalement constitué. Mais le sens existentiel de ce pôle animal en nous continuait à m'intriguer. En bref, le cérébral tenait à situer le pulsionnel. Beaucoup n'en ont cure, moi ça me travaillait.

Comme le notait un humoriste, forcément britannique, l'acte sexuel est répétitif, dans une position ridicule, d'où vient alors sa popularité indéfectible ?

Et il ne me suffisait pas d'admettre qu'à l'instar de tout mammifère, j'obéissais là, bien volontiers, à ma programmation génétique.

Jusqu'à ce que je réalise que le mythe du vampire, au-delà des Carpates, avait une portée universelle, pour nous les hommes.

Quand j'embrasse une femme au creux du cou, que mes lèvres goûtent le grain de sa peau (sans mordre, c'est promis), que je sens le mélange de son odeur unique et de son parfum, que j'écoute son souffle abandonné, je me nourris de ce qui lui est propre, que je ne possède pas et dont j'ai besoin : sa féminité. Et quand je la pénètre, poussé par mon instinct de plaisir, je me recharge de ce qui est nécessaire à mon équilibre profond. Je me suis convaincu que ce service suprême se déroulait en pleine réciprocité. Les vampirettes ne m'ont pas démenti.

Je ne suis donc pas d'accord avec le paradoxe de Lacan selon lequel l'amour c'est donner ce qu'on n'a pas à quelqu'un qui n'en veut pas. *L'acte de chair, pour parler biblique, je l'interprète plus à la Spinoza, pour qui aimer c'est se réjouir avec une cause extérieure. Se réjouir, certes, mais aussi se compléter.*

Il m'aura aussi fallu connaître l'alternance des amours durables et éphémères pour comprendre que la sexualité, du moins masculine, était là doublement à son affaire.

L'approfondissement, pendant des années, voire des décennies, de relations sensuelles nimbées d'amour m'a fait gravir des sommets de jouissance, tantôt intenses, tantôt subtils, mais qui ne manquaient pas de transcendance.

Tandis que la rencontre de nouveaux objets de désir consentants m'a procuré palpitations et excitations de la découverte, conformément au principe de Clemenceau qui disait qu'en amour le meilleur moment c'est quand on monte l'escalier. Point n'est besoin, pour récolter ces délices, d'une passion romantique. Je sais qu'en m'exprimant ainsi, je le fais en homme et que de nombreuses femmes en seront froissées. Mais ne serait-il pas hypocrite de priver totalement d'expression mon crocodile ?

Pour autant, il me semble faux de dire qu'il ne s'agit alors que de « faire l'amour sans amour ». *Découvrir le corps et, surtout, le tempérament de l'autre est tout autre chose que le simple assouvissement d'une tension génitale, on peut y mettre de l'amour, même pour deux heures.*

Oui, la sexualité me gratifie différemment et de façon complémentaire dans la fidélité et dans l'inédit. Reste la difficulté de le faire comprendre, et plus encore admettre, à une femme avec laquelle on est en amour. Ça n'a pas toujours été possible.

Il m'aura, enfin, fallu longtemps pour apprendre à mon corps à maîtriser sa jouissance. Pour un homme, c'est essentiel s'il veut connaître toute l'ampleur du plaisir. J'avais été sensibilisé par la remarque de Bruckner et Finkielkraut, il y a une génération, dans leur *Nouveau Désordre amoureux*, que l'orgasme masculin n'était qu'une petite chose fugace en regard de celui de la femme. Sans oublier qu'il doit être suivi d'un temps de récupération, préjudiciable à la continuité de l'échange. De surcroît, que notre apogée risque d'advenir plus vite que celui de la femme, frustrant alors cette dernière. Bref, un système pas tout à fait au point.

Dix ans plus tard j'ai découvert, par hasard, un livre où un Chinois, Jolang Chang[1], expliquait que des exercices inventés par les taoïstes permettaient à l'homme de différer son orgasme à volonté, voire indéfiniment. Peu de lectures m'auront ouvert la voie à des satisfactions aussi évidentes et durables. Une fois ces techniques assimilées, ma vie sexuelle a pris une tout autre dimension, puisqu'il n'y avait plus de limites de temps au rapport physique et que je pouvais accompagner ou emmener ma partenaire sur le chemin des surprises, y compris plusieurs fois de suite.

Des Américaines, attristées, m'ont relaté que, chez elles, l'homme pense qu'il n'a pas fait l'amour s'il n'a pas éjaculé. Tout a changé pour moi quand j'ai compris et vécu que ce spasme n'était que le petit bout du plaisir masculin et qu'en m'en passant presque je conservais ma puissance et mon désir, à partager voluptueusement et, le plus souvent, amoureusement.

C'est pour toutes ces raisons que la sexualité n'a fait que gagner en importance dans ma vie. Y compris à un âge où, en général, on sort des statistiques, puisque les enquêtes sur le sujet ne vont guère au-delà de cinquante ans, âge où l'on est probablement supposé perdre tout intérêt pour la chose.

Avec le temps, faire l'amour ne reste-t-il pas la preuve la plus tangible que l'on est pleinement vivant ?

---

1. *The Tao of Love and Sex*, Vicking Press, 1993.

6

La liberté

devenir soi-même à son rythme

Jeune, j'avais besoin de penser que j'étais libre. Maintenant j'ai relativisé et je trouve ça plus confortable. Quand j'ai commencé à travailler au quotidien créé par mon père et mon oncle, *Les Échos*, j'ai eu l'occasion de refaire mon bureau. C'était la première fois que je prenais mes propres décisions d'aménagement. Une vraie jubilation. J'en ai retiré la conviction que pouvoir façonner son environnement, vivant ou matériel, est une des vraies satisfactions de la vie.

Très tôt, du fait de la culture et de l'atmosphère de l'époque, le mot liberté claquait autour de moi comme un étendard ultime. Si l'on était libre, on avait forcément accès à l'essentiel de la vie. Les deux derniers siècles n'avaient-ils pas desserré l'étau de sujétions politiques ou religieuses, espérant que le bonheur en résulterait ? Passons.

Même si nous avons appris que la liberté n'était pas la solution à tout, nous avons fini par la considérer comme notre minimum vital.

Au point que vivre en démocratie, ou savoir que nous

avons le droit d'exprimer notre opinion, ne nous fait plus ni chaud ni froid et ne pousse pas toujours à aller jusqu'à l'isoloir. Privilégiés et blasés à la fois.

La plus essentielle des libertés ne s'arrache pas sur les barricades. Celle d'être soi-même dépend d'abord de nous et reste difficile à mettre en œuvre.

Ce n'est qu'à la fin du XXe siècle, une fois conquises nos libertés de citoyens, ou d'acteurs économiques, que nous avons découvert que l'essentiel restait à faire.

J'avais lu cette phrase dans un reportage sur Tokyo : « Beaucoup de cadres japonais ont l'impression que ce n'est pas vraiment leur vie qu'ils vivent, mais celle qui leur a été suggérée. » Il n'y a pas que les Japonais, me suis-je dit, n'en sommes-nous pas tous un peu là ? Dès que nous avons créé une famille, voire seulement un couple, et que nous avons un emploi, nous vivons en fonction des impératifs ou des besoins d'autres que nous : le conjoint, les enfants, les collègues et le patron. Que nous reste-t-il de vraiment personnel ? d'éventuelles activités sportives, d'occasionnels shoppings, de rares lectures.

Où est le mal ? me suis-je demandé, quand, vers quarante ans, j'en ai pris pleinement conscience. N'est-ce pas cela vivre ? Ai-je des projets tellement plus prioritaires que de m'occuper de ceux qui m'entourent, dont certains qui m'aiment ?

Vouloir être encore plus libre au point de les négliger, ne serait-ce pas d'un égoïsme injustifiable ?

Se poser, alors, la question en fonction du critère « content ou pas » tranche le débat. Si je me sens bien ainsi, je n'ai pas besoin d'une liberté philosophique idéale, dont je ne saurais que faire.

Contre-épreuve facile : la déprime de ceux qui disposent, soudain, d'une liberté complète et non investie : les retraités. Ils n'ont de cesse que de s'en débarrasser comme d'une malédiction, en multipliant de nouvelles activités en même temps que d'autres liens.

Il y a un demi-siècle, autour de Sartre, la liberté faisait figure d'absolu souhaitable. Peut-être parce qu'elle était, en pratique, encore une idée neuve donc fascinante. Aujourd'hui, nous la considérons surtout comme la condition nécessaire, mais pas suffisante, pour être soi. Étant entendu que toute contrainte serait susceptible de nous en empêcher. L'injonction de Nietzsche « Deviens ce que tu es » passe dans le grand public sous forme de slogan publicitaire pour vêtements sportifs.

Mais c'est quoi être moi ? Ne rien admettre qui nous vienne des autres, n'accepter aucune obligation, être le seul auteur de tous mes projets et toutes mes routines ?

Qui en aurait la force, qui en serait capable ? Ou bien être moi serait-il seulement cette ligne rouge que l'on suggère aux autres de ne pas dépasser dans leurs demandes à notre égard ? Mon moi n'est pas une citadelle bien définie, qu'il suffirait de défendre contre les empiétements, il est changeant au gré des circonstances.

J'ai rarement su, à priori, ce qui allait être vraiment moi dans les projets que j'imaginais puis lançais. Je réalise maintenant, par exemple, que je me sens davantage moi-même en tant que directeur de *Psychologies* que comme créateur et patron de *L'Expansion*. Pourtant, ce mensuel économique, je l'avais voulu tout seul, puis lancé avec mon ami Jean Boissonnat. Je le considérais comme mon bébé, presque mon identité. Alors que *Psychologies*, je l'ai racheté, puis changé, mais à partir de ce qu'il était déjà, avant que j'arrive. Moins ma création donc que *L'Expansion*.

La raison pour laquelle, néanmoins, je me sens plus à ma place à *Psychologies* est affaire de compétence. À *L'Expansion*, j'étais d'abord patron de presse, entrepreneur, gestionnaire, capable de juger de la forme, mais pas vraiment expert sur le fond de la matière : l'économie. Sans Jean Boissonnat, nous n'aurions pas atteint la qualité qui a fait, vingt ans durant, le succès de ce magazine.

Alors que les sujets qu'aborde *Psychologies* sont beaucoup plus proches de ma sensibilité et de mon expérience personnelle. Ils me donnent de l'imagination, parce qu'ils sont puisés dans une vie que je commence à connaître, ils me correspondent plus intimement. Mais tout cela, je ne pouvais le savoir avant d'avoir entrepris de transformer ce magazine. En le reprenant, j'avais suivi mon désir, mais il fallait que le succès vienne confirmer cette intuition.

Même expérience avec mes couples. J'ai connu, par chance, deux mariages heureux et longs. Ce n'est qu'à posteriori que j'ai l'impression d'être plus complètement moi-même maintenant que dans mon premier couple. Claude et Perla ont de fortes personnalités, bien différentes, la première de culture plus américaine, la seconde profondément orientale. Ce n'est pas la seule raison pour laquelle je me suis épanoui davantage comme homme dans mon second couple, même si j'ai beaucoup aimé ma première femme. L'âge, l'expérience, une aptitude accrue à apprécier la vie ont aussi aidé.

Ma liberté de « devenir moi » n'a été ni abstraite ni de principe. Elle m'a permis, très concrètement, à certains carrefours, de me donner le droit de changer, de parier à nouveau, de décider que je n'étais pas coincé dans des situations affectives ou professionnelles devenues difficiles à vivre.

Être libre d'être moi ne suppose pas une disponibilité, à tout instant, de faire ce qui me passe par la tête. Ce ne serait pas compatible avec l'existence et les attentes de tous ceux qui m'entourent et dont j'ai besoin pour vivre content.

Ma liberté est plus un potentiel, une sauvegarde à n'utiliser qu'en cas d'urgence. Le reste du temps, je me sens plutôt défini et conditionné.

Au jour le jour je vis, comme tout le monde, dans un espace restreint. Déjà mon corps me trace bien des limites. Il supporte mal que je me couche tard, ce qui m'interdit nombre d'activités nocturnes prisées par d'autres. J'ai appris à ne pas en avoir envie. Comme pour chacun d'entre nous, ma vie quotidienne est très cadrée par mes horaires et mes habitudes. En théorie, j'ai la liberté de les varier chaque jour, mais je ne le fais guère et ça ne me manque pas.

Pour être content j'ai besoin de penser que ma liberté théorique est immense, mais pour vivre bien, celle que j'utilise tient dans une fiole dont la consommation quotidienne me suffit. Du moment que personne ne menace cette part de liberté, je me sens libre... de n'en faire qu'un usage modéré.

Pourquoi en est-il ainsi ? Du fait de mes propres limites, physiques, mentales et morales. Ainsi j'ai la liberté philosophique de tuer mon prochain. Mais j'ai en moi des impératifs moraux qui m'en empêchent absolument. Suis-je moins libre pour autant ? Non, puisque je fais ce que je veux et ne fais pas ce que je ne veux pas.

Vivre libre, à une époque où la liberté a fait, dans

nos pays du moins, d'immenses progrès, c'est disposer de la dose qui vous convient de celle-ci, sans pour autant se sentir bridé.

Pour être content dans cette servitude consentie à moi-même, il me suffit de sentir que mon désir de vivre, de m'accomplir, est ainsi satisfait. Moderato.

7

L'action
simplifier son rapport au monde

Longtemps je me suis demandé si mon goût pour l'action était naturel ou névrotique. Faire, encore faire, semblait être ma devise non choisie. Journaux, enfants, voyages, maisons, livres. Même mes amours m'ont demandé de l'initiative, de l'invention, du mouvement. Nos vies se fractionnent ainsi en de multiples activités, et je n'ai cessé de me demander ce qui nous poussait à jongler avec toutes ces balles à la fois.

Il ne me suffisait pas de constater que je devais aimer ça, puisque mon envie d'agir était plus forte que ma part de paresse, et que si le rythme se ralentissait, je m'empressais de relancer la machine par quelque nouveau projet. Depuis l'adolescence, une pensée de Pascal m'est souvent revenue à l'esprit : « Le malheur de l'homme vient de ne pouvoir rester en repos dans une chambre. » Tout en agissant je me sentais agi par quelque chose de plus fort que moi. D'où cette inquiétude : suis-je normal, Docteur ?

Espérant que d'autres pourraient m'éclairer, j'ai même un jour réuni chez moi, à titre purement personnel, en séminaire de trois jours, des amis philosophes, journalistes ou psychologues, pour leur demander : « Pourquoi agissons-nous ? » Nous avons passé un moment agréable, mais je n'ai pas vraiment trouvé ma réponse.

Plus tard, découvrant la méditation en Californie, je me suis familiarisé avec l'idée, centrale pour les Orientaux, du « non-agir ». Comme je m'en doutais, c'est plus difficile à pratiquer que l'agir. Ralentir simplement le flux intérieur des pensées et des images demande un entraînement et une maîtrise qui, au début, semblent inaccessibles.

Cela m'a renforcé dans la conviction que l'action faisait partie de notre nature et qu'il fallait veiller à ne pas la laisser s'emballer, sous peine de stress permanent.

Nous entretenons une relation ambiguë avec l'action. Tout ce que nous sommes obligés de faire, depuis notre gagne-pain et nos relations aux autres jusqu'aux tâches ménagères, finit par nous peser et nous nourrit de fantasmes, du genre farniente sur sable chaud. Tout le génie de Blitz et Trigano, les inventeurs du Club Med, a été de comprendre qu'au bout de trois à quatre jours sur une plage, nous rêvons à nouveau d'activités.

Ne suffit-il pas que nous nous retrouvions dans l'impossibilité d'agir, à la suite d'un accident, pour que nous cherchions des dérivatifs, qui remplissent ce vide angoissant ? Enfant, si je devais rester malade au lit, je réclamais à ma mère des découpages, puisqu'il n'y avait pas alors de télévision et encore moins de jeux vidéo. Chaque dimanche, je sautais sur le lit de mes parents en les assaillant d'un « Qu'est-ce qu'on fait aujourd'hui ? ». Maintenant c'est à moi que j'adresse chaque matin la même question.

La vertu première de l'action est effectivement de lutter contre l'ennui. Certes, la modernité a créé une immense industrie du « tue l'ennui », au premier rang de laquelle les médias, devenus les parkings de notre attention. À défaut de nous stimuler ils nous occupent, nous dispensent, trois à quatre heures par jour, de penser ou de chercher du sens à leur existence. Ils constituent un précieux et inquiétant « faute de mieux » de l'action vivante et stimulante. Au moins ne présentent-ils pas les mêmes dangers que bien d'autres stimulants comme la drogue ou la violence gratuite.

Même quand elle confine à l'agitation, l'action n'est donc pas une mauvaise manière de passer sa vie. Je l'admets d'autant mieux que j'ai compris que nous n'avions guère le choix : nous ne pouvons pas nous en passer pour des raisons à la fois physiologiques et philosophiques, sans oublier les motifs financiers.

Un évident déséquilibre résulte en effet de notre constitution physique : notre capacité à imaginer et à désirer dépasse de très loin les moyens de notre corps. Notre cerveau, qui surpasse encore souvent les machines les plus complexes, n'a, pour lui servir de socle et d'outil, qu'un corps primitif aux performances limitées.

C'est bien pourquoi j'utilise tant d'instruments modernes, de la voiture au téléphone de poche et à l'ordinateur portable, dont désormais je ne me sépare guère. Ils compensent un peu, en vitesse, en puissance et en mémorisation, mes insuffisances structurelles. Ce n'est pourtant pas encore suffisant pour satisfaire ma boîte à idées et à fantasmes qui se propose constamment de nouveaux défis ou tentations. Même quand mon corps se repose, la machine cérébrale ne s'arrête pas et, dans les périodes de surcharge, elle peut l'empêcher de dormir par ses ruminations intempestives.

Surperformant par rapport à son frêle support physique, mon cerveau contraint mon corps à suivre de son mieux. L'action en résulte automatiquement, car notre réflexe instinctif devant un problème, grand ou petit, est d'essayer de le traiter. C'est peut-être pourquoi il nous est, presque physiquement, plus difficile de ne rien faire que de faire.

Mais une disproportion plus abyssale encore pèse sur nous. Elle naît de notre face-à-face quotidien avec tout ce qui nous déborde : la complexité, notre liberté et l'infinité de l'univers.

Le monde relationnel, symbolique et matériel qui nous entoure surpasse, de loin, notre capacité à le connaître et à le comprendre. Il nous faut tant bien que mal y faire notre place et tenter d'y trouver notre bien-être. Notre liberté de choix, à tout moment, est tellement grisante que nous ne pouvons même pas dénombrer les alternatives théoriques qui s'offrent à nous.

Comment décider, malgré notre inaptitude radicale à savoir quelles seront toutes les conséquences des options que nous devons prendre ?

Enfin l'univers, le réel, par son ampleur même, restera toujours hors de portée de notre compréhension. Le grain de sable ne peut penser la plage. Les représentations que nous nous faisons du vaste tout ne peuvent être que fragmentaires, sans la moindre certitude qu'elles soient fidèles à la réalité.

Comment ne serions-nous pas paralysés et, pour certains, déprimés par ce décalage radical entre nos limites et l'infini dont nous faisons partie ? Pourtant, il faut bien vivre, et, dans ce but, commencer par nous rasséréner. C'est là qu'intervient à point nommé l'action, dont le principal mérite est de ramener le vaste univers à notre mesure.

Car en nous engageant dans un projet quelconque, nous sommes libérés, au moins un temps, de devoir spéculer sur tout ce que nous aurions pu faire d'autre.

Les navigateurs disent que le fait de s'activer sur leur voilier a pour principal mérite de leur « vider la tête » de ce qui les souciait avant de mettre le pied sur le pont. Pour d'autres, ce sera de faire la cuisine, pianoter sur leur portable, entretenir une collection.

Toute activité dans laquelle nous parvenons sincèrement à nous absorber est le meilleur dérivatif aux questionnements métaphysiques insolubles. Faire un choix quelconque réduit notre champ de vision pour les besoins de l'action entreprise et ce n'est pas un inconvénient, puisqu'il nous protège de l'angoisse existentielle.

Quelle que soit l'ampleur du projet, ce seul effet compte peut-être davantage que l'objectif ponctuel que ce dernier nous assigne.

Je ne peux donc pas ne pas agir, ne serait-ce que pour préserver ma santé mentale. Autant en prendre mon parti.

Même en me mettant en méditation j'accomplis un acte, j'effectue un choix, je m'engage. Vivre, pour vous et moi, c'est donc agir, ce qui laisse entière la question de la juste intensité. En deçà je m'ennuie, au-delà je me stresse. Pour maintenir un équilibre d'action, porteur de contentement, il me faudra toujours slalomer entre mes moyens et le temps disponible.

8

Le temps

faire de mon maître un ami

Un jour j'ai compris que pour moi, être humain, temps et vie étaient synonymes. « Je manque de temps = Il me manque de la vie », « Je perds mon temps = Je perds de ma vie », « Il faut que j'y consacre du temps = Il faut que j'y consacre de ma vie ».

Ma vie s'inscrit dans le temps, comme l'attestent toutes les pierres tombales. Quelle trace certaine laisse une vie ? Un nom entre deux dates.

Comme j'ai fait de la vie ma valeur suprême, j'ai donc reconnu le temps comme mon maître. Il me domine et il m'apprend à vivre. Pour moi, au quotidien, la mise en œuvre la plus pragmatique et la plus concrète de la philosophie est mon emploi du temps, qui concrétise l'emploi de ma vie.

Une chanson de Renaud rappelle : « Ce n'est pas l'homme qui prend la mer, c'est la mer qui prend l'homme. » Je ressens exactement la même chose pour le temps. Il ne m'appartient pas plus que l'eau n'appartient au poisson. J'y suis immergé en totalité, mais il est pourtant tout à fait extérieur à moi et absolument indifférent à mon existence. C'est donc à moi d'en tenir compte, à chaque minute au cours de ma vie. Je sais qu'il y a une continuité absolue et décisive entre ma prochaine minute et tout le reste de mon existence. Car trente secondes ou quelques décennies, replacées dans les quinze milliards d'années de l'univers, sont indiscernables dans l'ordre du minuscule.

Tous nos problèmes avec le temps ont la même origine : il est immuable dans son déroulement et nous vivons comme s'il était incertain et variable.

C'est que nous confondons le temps, mesurable, et la durée perçue par nous, subjective. Qu'est-ce qui nous paraît plus long, une nuit d'amour ou trente secondes les doigts coincés dans une portière de voiture ? C'est ça la durée.

Et quand certains disent qu'ils « n'ont pas la notion du temps » c'est qu'ils baignent presque entièrement dans la durée, qui trouble leur perception objective du déroulement des heures. Réconcilier les deux n'est pas toujours aisé, car le plaisir de vivre se niche dans la durée, dans l'oubli de la montre, tandis que l'efficacité de l'enchaînement de nos actions quotidiennes se doit de respecter le temps.

En cette période d'adaptation à l'euro il est facile de comprendre que temps et durée sont aussi différents que prix et valeur. Le prix est affiché sur le produit et je le connais donc instantanément, mais ça ne me donne pas forcément une idée de sa valeur, dans une monnaie avec laquelle je n'ai pas encore mes repères. La condition pour rendre notre rapport au temps harmonieux c'est d'apprendre à intégrer celui que prennent les choses de la vie. Une mauvaise appréciation des minutes nécessaires pour effectuer un parcours et nous ratons notre avion. Une illusion sur les délais de réalisation d'un projet et nous perdons un peu de notre crédit professionnel. Un des bienfaits de l'expérience, c'est de moins se tromper sur le temps que consomme tel ou tel acte de l'existence.

Pourquoi est-ce difficile voire pénible d'y parvenir ? C'est que demeure un paradoxe au cœur même de notre perception du temps. Le temps est certain, car les journées, pour nous tous, ont exactement la même durée de vingt-quatre heures et que tout notre emploi du temps en est structuré. Mais il est aussi incertain, car aucun de nous ne sait combien de journées comptera sa vie. Nous ne connaissons ni le jour ni l'heure... Alors que notre vie se déroule à l'intérieur du carcan immuable des jours et des années, nous restons dominés par cette ombre sur notre propre durée.

Psychologiquement, l'incertain, en nous, l'emporte sur le certain. Et pour beaucoup, même à leur insu, regarder de trop près le temps c'est scruter leur propre finitude, ce qu'ils préfèrent éviter.

Marc Aurèle, l'empereur stoïcien, se demandait chaque soir : « Ai-je fait un bon usage de mon temps ? » Car cette journée qui va disparaître à minuit se sera déroulée imperturbablement, que nous y ayons créé un poème sublime ou que nous l'ayons passée dans un état inconscient. Mon temps file devant moi, il me revient de l'utiliser au mieux. Or la plupart d'entre nous ont mal à leur temps, qui leur semble trop serré pour tout ce qu'ils doivent ou voudraient y mettre. Ils disent qu'ils « manquent de temps », ce qui est absurde puisque nous bénéficions tous exactement des mêmes vingt-quatre heures. Ils ont seulement les yeux plus grands que le temps : trop de contraintes, trop de désirs, trop de routines à faire rentrer dans leur panier temporel, et c'est l'asphyxie.

J'ai eu la chance de sentir très tôt que je ne serais jamais content à l'intérieur d'un temps trop tendu. En même temps, j'aime l'action et ne supporte pas tellement mieux que mes heures soient flasques, comme une voile sans vent. Ne pas mettre assez de vie dans mes journées ou mes années serait ne pas savoir profiter de la denrée la plus précieuse, la plus rare, la plus fugace qui me soit accordée en naissant. En mettre trop me garantit le malaise et l'inaptitude à savourer les joies et les douceurs de mon passage terrestre. Car un plaisir coincé entre deux autres activités ne peut livrer toute sa saveur.

D'où cet « art du temps » qui constitue à mes yeux le socle de tout art de vivre. Je lui ai déjà consacré deux livres, mais je peux le redéfinir dans la perspective de la recherche du contentement. D'abord découvrir, en vivant, ce qui me rend content (ce qui prend plus d'années qu'on pourrait le croire). Puis apprendre à considérer ce qui me fait plaisir comme légitime et valable (ce qui ne va pas toujours de soi). Enfin penser ma vie à partir de ces objectifs.

Et c'est alors seulement que méthodes pour optimiser, chaque jour, l'usage du temps prennent leur sens. Mon but n'est pas d'être organisé, mais de vivre au mieux de moi-même. Pour y parvenir, pour maintenir cet équilibre mouvant entre le faire et le jouir, un minimum d'organisation est nécessaire. En bref, mieux se connaître et mieux s'accepter avant de prendre les moyens de réaliser ses désirs.

Ma stratégie, modeste et ambitieuse à la fois, est

d'essayer, pour réussir ma vie, de réussir chacune des journées qui la composent, l'une après l'autre.

Entre le moment de mon réveil et celui où je m'endors, c'est un trente millième de mon existence qui se joue. Il m'importe de ne pas le gâcher. D'où ce « rendez-vous du temps » que je m'accorde chaque matin entre ma toilette et mon petit déjeuner. Une demi-heure pour préparer tout ce qui est prévu pour ce jour-là et l'inscrire sur un « plan de journée » que je me suis confectionné à cet effet (et que je ne cesse, depuis, d'offrir à des proches qui en trouvent l'usage bien pratique). Sur ce tableau de bord de mes activités, je peux suivre d'un seul coup d'œil mes rendez-vous, mes tâches à accomplir, mes appels téléphoniques, les e-mails à envoyer, les noms de ceux que je dois voir. J'ai choisi un papier coloré, bleu, pour qu'il se détache facilement au milieu de mes autres documents. Chaque fois que j'ai accompli une des tâches, je la barre et je visualise ainsi où j'en suis. Quand des imprévus arrivent (il est normal qu'il y en ait, c'est la vie), je les traite et je les note sur ce plan. Le soir, je vois donc ce que j'ai fait comme ce que je n'ai pas pu finir, que je reporte sur le plan du lendemain (qui doit toujours être neuf, à l'image de la journée qui commence).

Pour qu'il soit clair qu'il ne s'agit pas là pour moi d'un instrument de travail mais d'un outil de maîtrise de mon temps de vie, je précise que je remplis ce plan tous les jours, week-ends et vacances compris. Car un jour de vacances est aussi un jour de projets et de contacts, mais d'intensité différente. Je n'incite personne à faire comme moi. J'expose simplement ce qui marche pour moi.

La pratique de l'art du temps a changé ma vie depuis

trente ans. Elle me permet de garder de la souplesse entre mes activités et de vivre plus pleinement ce qui m'arrive ou ce qui s'impose à moi.

Pour maintenir le cap, j'ai dû apprendre à dire non à tout ce qui viendrait en trop, y compris ce dont je peux avoir envie, mais qui bousculerait tout le reste. À l'expérience, ce « non », c'est à moi que je l'oppose le plus souvent.

En matière d'emploi du temps, comme pour la nourriture, j'ai dû apprendre, à l'usage, la satiété.

9

Le risque

jouer pour continuer à jouer

Je n'ai pas réalisé d'emblée que personne ne vivrait ma vie à ma place.

À force d'emmagasiner, pendant mon éducation, des injonctions et des préceptes, j'avais fini par croire que pour vivre, il suffirait de remplir soigneusement les cases qui m'étaient proposées : diplômes, sports, langues, couple, jobs, enfants, logements, loisirs, bref ma vie en forme de CV. Je devais croire implicitement qu'au bout de l'exercice, j'aurais réussi dans le monde des adultes et que je serais, forcément, content. N'est-ce pas ainsi que les choses se présentent et souvent durent, pour la plupart d'entre nous ?

J'ai été sauvé par la nécessité dans laquelle j'étais de me faire un prénom. Je ne récuse pas les modèles familiaux car ils peuvent dégager de l'énergie. Dans mon cas il fallait choisir de faire, ou non, du journalisme mon métier, comme mon père, mon frère et certaines de mes sœurs et beaux-frères. J'avais été tenté par la psychiatrie, puis le service public. Mais l'une demandait trop d'études scientifiques, l'autre trop d'obéissance.

Ceux au milieu desquels je vivais avaient l'air de bien s'amuser et de prospérer, aux *Échos* ou à *L'Express*. Va pour la presse ! Mais pour avoir ma place, je ne voulais pas dépendre d'eux. Après quelques années d'apprentissage, j'ai décidé de créer *L'Expansion*.

Décider, choisir, nous le faisons, chaque jour, comme nous respirons. Même se lever ou se laver les dents n'a rien d'automatique. Déprimés, nous pourrions y renoncer.

En enchaînant ces gestes quotidiens nous confirmons notre parcours. Mais ces milliers de microdécisions ne suffisent pas à nous donner l'impression de choisir notre vie. En revanche se marier, déménager, faire des enfants ou vouloir lancer un projet, constituent des tournants de l'existence qu'il vaut mieux avoir consciemment assumés. Car ils peuvent échouer.

Chaque matin, en se levant ou en se rendant au travail, on ne se met guère en péril, sauf fatalité imprévisible, comme pour ceux qui avaient rendez-vous au World Trade Center ce matin du 11 septembre 2001.

Mais créer et s'engager est une activité à risque. C'est alors, peut-être, que l'on se donne l'impression d'exister vraiment.

Quand je me remémore ces carrefours où j'aurais pu faire ou ne pas faire, dire ou me taire, avancer ou ne pas bouger, je réalise que c'est bien moi qui ai vécu ma vie. Et ça ne m'est pas du tout indifférent.

Si j'attache cette importance aux choix de ma vie, c'est pour deux raisons évidentes : la conscience d'être, au départ, tellement déterminé que ma marge de manœuvre est minimale ; et la certitude que si je ne prends pas moi-même mes décisions, quelqu'un ou quelque chose d'autre le fera pour moi.

Le jour de ma naissance, il me semble que les deux

tiers de mes options étaient prises. Un garçon, français, dernier de cinq enfants, à la veille de la guerre, d'origine juive, de mère catholique et de père journaliste, lui-même convaincu de l'importance des langues. Huit caractéristiques initiales qui ont joué un rôle clé tout au long de ma vie. Si j'avais été une fille après trois autres, ma mère ne me l'aurait pas pardonné ; si j'étais venu au monde dans un pays du tiers-monde, si je n'avais pas appris l'anglais très tôt, etc. Je peux mesurer avec précision à quel point le script ne me laissait, en propre, que des variantes.

Certes, j'aurais pu me révolter, mais contre de tels atouts, j'aurais été bien sot.

Il me restait à jouer mes cartes plus ou moins bien. Le risque, heureusement, subsistait. Je dois reconnaître que je n'aurais pas décrit les choses ainsi il y a vingt ou trente ans. Plus jeune, on a besoin de croire qu'on est l'inventeur de son destin et de s'attribuer tous les mérites de ce qu'on réalise.

Parce que nos parents ne nous avaient pas laissé de patrimoine, il m'arrivait de me dire que je n'étais pas un héritier et que donc je m'étais fait seul. Aujourd'hui, je mesure combien ce dont ils m'ont doté (amour, valeurs, éducation) constitue un héritage bien plus important que n'importe quel pécule financier.

On lit quelquefois, dans les livres de management, que mieux vaut une mauvaise décision que pas de décision du tout. Une affirmation moins idiote qu'elle peut en avoir l'air, car le temps de notre vie est un tapis roulant qui avance, que nous agissions ou non.

Il peut être préférable de corriger après coup que de se figer dans l'indécision. Choisir, un peu chaque jour, c'est aussi se simplifier la vie.

L'incertitude n'est pas un état agréable. On se sent mieux dès que l'on a pris une option, ne serait-ce que d'avoir commandé son repas au restaurant. Quant aux projets plus complexes et plus durables, ils nous structurent l'existence et, s'ils ont bien été choisis, nous évitent l'ennui.

Autant je suis partisan de la décision assumée comme source d'équilibre et donc de contentement dans nos vies, autant je veux éviter de m'illusionner sur le caractère rationnel de mes décisions. Le rapprochement même de ces deux mots « décision » et « rationnel » constitue à mes yeux un oxymore (comme le célèbre « poisson soluble » d'André Breton).

Une de mes convictions fermes (j'en ai très peu), c'est que jamais un être humain n'a pris de décision entièrement rationnelle. Pour le faire, il faudrait tout connaître des composantes de notre choix et de ses conséquences éventuelles. Ce qui, à l'évidence, défie nos moyens mentaux et souligne l'impossibilité de réunir toutes les informations nécessaires.

Nous pouvons prendre des décisions réfléchies, ou informées, il est même recommandé qu'elles soient le plus informées et réfléchies possible. Mais elles comporteront toujours une part d'impondérable et d'aléas. Une décision automatique, « quand c'est vert, j'avance », un robot peut la prendre exactement comme nous. Ce n'est donc pas une décision. Un choix proprement humain implique une part de jeu, dans les deux sens du terme (divertissement et mouvement possible), et c'est tout l'intérêt de l'aventure de la vie.

Puisque nous devons affronter les difficultés de l'existence et faire face à sa complexité, un des moyens d'être content, quand même, est de se rendre sensible à son côté ludique.

Nous pratiquons deux sortes de jeux : ceux auxquels on joue pour gagner (les jeux télévisés et les casinos en sont pleins) et ceux auxquels on joue pour avoir le droit de continuer à jouer.

L'amour, les affaires, la politique et la vie en général font partie de ces derniers. Enfants, nous nous intéressons aux jeux pour gagner, comme le Monopoly. Avec la maturité, nous réalisons que les seuls jeux qui nous gardent en vie sont les autres.

Il m'arrive de penser à la chanson du film *MASH* : « *The game of life is hard to play, you're gonna loose it anyway* » (Le jeu de la vie est difficile et au final nous allons le perdre). Je n'y peux rien, mais je joue pour en profiter jusqu'au bout.

10

Le malheur
à la recherche de nos boucliers

Constatant, chez moi, une certaine imperméabilité au malheur, il m'est arrivé de me demander si je n'étais pas un monstre. Je me souviens où et quand : à Genève, fin juillet 1970, Claude, ma première femme, et moi venions de perdre un enfant, prématuré, quelques jours après sa naissance. C'était douloureux, stressant, décevant, mais je ne le ressentais pas comme tragique. Nous avions déjà deux belles petites filles et bien des raisons d'aimer la vie. Je me suis quand même demandé si je n'aurais pas dû être écrasé de chagrin, comme on l'entend souvent dire dans ces cas-là. Étais-je normal ?

À force de penser que j'ai eu, jusqu'ici (geste instinctif vers le bord de la table en bois), de la chance, j'en venais à oublier qu'en vivant longtemps on ne pouvait éviter sa ration de misères : perte de mes parents, d'une sœur, d'un nouveau-né, divorce et ruptures, trahisons, échecs professionnels à la limite du désastre financier, doute de soi à l'occasion de l'un ou l'autre de ces épisodes.

Rien que de banal, qui n'en a pas autant à son passif ?

Mais je ne me suis, pour autant, jamais trouvé à plaindre, persuadé que ces soucis ou tristesses font partie du vécu ordinaire, à côté de bien des plaisirs et des joies.

Je crois savoir ce qu'est la vraie tragédie, celle qui vous coupe en deux, celle dont on ne se remet que très lentement, voire pas du tout. En dehors des périodes de guerre, elle a souvent à voir avec la santé et la mort d'êtres chers. Là encore, c'est affaire de ressenti personnel. Parmi ceux qui ont traversé la Shoah ou qui y ont perdu des proches, certains n'ont jamais complètement repris le dessus, d'autres si. Affaire de philosophie personnelle ou de résilience, selon le mot du grand éthologue Boris Cyrulnik ? Capacité à relativiser par une conscience claire qu'il peut y avoir encore pire ?

Une amie se sentait d'autant plus détruite par la mort de sa mère qu'elle avait pu, depuis quelques années, surmonter enfin avec cette dernière les blessures d'amour de son enfance. Quelques semaines plus tard, sa meilleure amie perd un fils de vingt ans. Elle se précipite à son aide et se rend alors compte que la disparition de sa propre mère âgée lui paraissait désormais, en comparaison, plus acceptable.

Il n'y a pas de vies sans drames. Pour vivre content, faute de les éviter, on peut les relativiser par un peu de philosophie. Facile à dire, pensez-vous. C'est vrai que ça ne se commande pas, mais on peut essayer.

D'avoir eu, dès ma petite enfance, le sentiment d'être un rescapé m'a peut-être aidé à positiver les aléas de mon existence. Portant un nom juif dans le Paris de l'Occupation, on m'avait préparé au pire. Ma mère me faisait répéter le faux nom sous lequel nous nous cachions et m'expliquait ce à quoi je devais être prêt chaque nuit : filer me dissimuler dans une chambre du sixième étage si l'on sonnait à la porte au petit matin. Plus tard, j'ai réalisé ce qui aurait pu, effectivement, m'arriver. D'y avoir échappé m'a donné un sentiment durable de privilège et la conviction que le pire n'est heureusement pas sûr.

Face aux duretés de l'existence, je me vois équipé de trois boucliers, un petit, un grand et un magique. Le grand, je viens de le décrire : le souvenir latent et concret que ça aurait pu être vraiment tragique. Le petit, c'est mon goût pour les petits plaisirs de la vie : même les mauvais jours, la soupe du soir est souvent savoureuse. Le magique, c'est évidemment l'amour de quelques personnes clés qui me réconfortent autant que de besoin sur la nature humaine.

Je sais que la vie est difficile, mais ne se complaît-on pas à la décrire comme plus dure qu'elle ne l'est vraiment ? Pourquoi ? Parce que nous survalorisons le mal-être et les drames.

Nous aspirons au bonheur, mais les histoires captivantes commencent toujours par le drame ou la difficulté. Le malheur est plus médiatique que le bonheur.

On a dit que tout opéra italien raconte les amours d'un ténor et d'une soprano contrariées par une basse. Qui écrirait un roman pour dire que tout va bien ? Imaginez un ami qui viendrait vous raconter toutes les raisons qu'il a d'être content. Ce serait encore moins supportable que de devoir subir la narration détaillée de ses malheurs. Car ces derniers peuvent au moins nous aider à trouver, en comparaison, notre sort acceptable. Tandis que l'énumération de ses félicités risque de nous paraître obscène.

Ne dit-on pas que les peuples heureux n'ont pas

d'histoire ? La question n'est pas anodine, car lorsqu'on interroge, périodiquement, nos concitoyens sur leur humeur, plus de 80 % se déclarent heureux. À se demander si la plupart de ceux qui nous entourent ne font pas justement partie des 20 % défavorisés. Je me suis souvent interrogé sur cette bizarrerie sondagière.

Nous-mêmes, au jour le jour, nous plaignons volontiers de plein de tracas, mais si on nous demande si nous sommes contents de vivre, la balance ne pencherat-elle pas vers le oui ?

Autre explication possible : la psychologie, dont je ne peux nier la vogue, est née dans les cliniques, à la suite d'observations sur des personnes perturbées. La psychanalyse du docteur Freud en particulier, destinée à soulager les névroses, psychoses, complexes et autres angoisses, colore en sombre la représentation contemporaine de la psyché humaine. Quand j'ai repris, il y a quelques années, *Psychologies magazine*, les nonlecteurs nous disaient : « Pourquoi acheter ce journal ? Je ne suis pas malade. »

Il a fallu attendre les années soixante pour que naisse, en Californie, autour du thérapeute philosophe Abraham Maslow, la notion de « potentiel humain ». Ce n'est donc que depuis peu que l'on découvre la possibilité, pour ceux qui ne vont pas mal, de s'épanouir davantage pour mieux vivre leur vie.

La vision de la vie que nous communiquent les médias, la littérature et la vulgate psychanalytique est biaisée vers le négatif au point que nous ne réalisons souvent pas à quel point nos vies sont enviables.

Sur le fond de ce qui rend malheureux, peu de changements depuis l'Antiquité : être séparé de ce que l'on aime ou lié à ce que l'on n'aime pas. Mais notre époque comporte une sorte d'actualité du mal de vivre, en positif et en négatif.

Le négatif c'est que nous sommes exposés, en direct, aux malheurs de toute la planète. Une enquête récente de l'Observatoire du débat public pour *Le Monde* montre que les téléspectateurs vivent leur journal de 20 heures comme une souffrance. L'agitation et la violence du monde qu'ils reçoivent en pleine figure les font sortir de l'épreuve comme « une cocotte-minute prête à exploser » ou « une souris dans la tempête ». Comment n'en garderaient-ils pas une vision anxieuse de ce qui se passe en permanence autour d'eux ?

Question : pourquoi regardent-ils quand même la télévision ? Peut-être pour relativiser ainsi leurs propres ennuis du jour. À moins que ce ne soit pour mieux supporter le fait que chez eux il ne se passe pas grand-chose de passionnant.

Mais si nous pouvons désormais abondamment profiter du malheur des autres, la bonne nouvelle est que nous disposons de moyens plus efficaces pour nous débarrasser du nôtre. Une des plus grandes découvertes du dernier demi-siècle n'est-elle pas que la dépression, l'angoisse, ce que l'on appelait au XIXe siècle la mélancolie, n'ont pas que des causes psychologiques ? La chimie au secours du bonheur n'a rien à voir avec les drogues toxiques. Des millions de nos contemporains sont sortis de leur prison intérieure grâce à ces nouvelles pilules. Il suffit de les entendre dire leur immense et rapide soulagement pour se dire que le progrès scientifique a encore du bon.

Ce n'est ni garanti ni toujours suffisant. Bien souvent, pour retrouver son équilibre et son autonomie, une thérapie complémentaire est nécessaire. D'autant que l'idée même de passer sa vie sous tranquillisants n'est guère attirante.

Le malheur n'est donc pas une fatalité. Nous pouvons, seuls ou aidés, le combattre, par la sagesse, la thérapie, l'action, ou les médicaments. Aucune recette n'est sûre, mais chacune est plus féconde que la résignation ou la plainte.

11

La responsabilité

assumer sans se condamner

Ma mère me lançait régulièrement un « Noblesse oblige ! » présomptueux de la part d'une roturière. Mais nous nous comprenions. Pas besoin d'avoir un blason sur sa cheminée pour avoir un berceau bien rempli : éducation, santé, et surtout amour au biberon. Elle voulait me rappeler que si je voulais profiter de tout ça sans culpabilité, il faudrait s'en montrer digne. Être attentif aux autres, plutôt que d'attendre quelque chose d'eux, semblait un minimum et, surtout, ne pas se dérober à ses responsabilités.

« C'est quoi, maman, une responsabilité ? – C'est lourd, mon chéri : faire ce que tu as dit que tu ferais, et ne pas laisser tomber ceux dont tu as la charge. – Et qui décide qui sont ceux-là ? – Surtout toi, mais attention ! tu risques d'en avoir vite beaucoup. » Comme père, patron ou amoureux, j'en ai même fait collection. Ce n'est qu'après avoir pas mal vécu que j'ai compris que ma responsabilité s'étendait aussi, et peut-être d'abord, à moi-même.

La première courtoisie vis-à-vis des autres n'est-elle

pas d'éviter, le plus longtemps possible et si possible jusqu'au bout, de peser sur eux ?

Car je ne suis pas responsable des « autres », mais, pour quelques-uns seulement, d'une petite partie de ce dont ils ont besoin. Les seuls dont je doive, le cas échéant, assumer l'entière responsabilité sont ceux qui ne peuvent pas se prendre en charge (tout petits, grands vieillards, animaux). Et même dans ces cas-là, il est rare qu'on soit seul à faire face.

En revanche, personne n'est davantage responsable de moi que moi ; et c'est bien ainsi que je signe mon autonomie et ma liberté. Ce qui ne veut pas dire que je sois autosuffisant ni n'attende rien de personne. Comme j'ai besoin de l'amour des autres pour être content, mes responsabilités à leur égard et au mien se rejoignent complètement : afin d'être aimé d'eux, je dois à la fois assumer ce qu'ils attendent de moi (ne serait-ce que de leur donner du plaisir) et ne pas leur demander plus qu'ils ne peuvent ou ne souhaitent me donner.

Pour assurer la qualité de ma relation aux autres, ma responsabilité est peut-être plus cruciale encore envers moi-même qu'à l'égard de ces derniers.

Je suis conscient que, souvent, ce n'est pas ainsi que ça se passe dans la vie. Dans une relation à deux, l'équilibre est mal assuré : certains se complaisent à prendre en charge, d'autres cherchent à se déresponsabiliser entre les mains de quelqu'un. Ce qui peut paraître naturel entre parents et jeunes enfants, mais devient vite pathologique entre adultes.

J'avoue qu'il m'a été difficile d'éprouver durablement de l'amour ou de l'amitié pour quelqu'un que je ne trouvais pas estimable. Au premier rang des critères d'estime déterminants je place la fiabilité, fille de la

80

responsabilité. J'essaye de faire en sorte que l'on me trouve fiable et je suis prêt à des efforts soutenus pour me conformer à cette image que j'ai de moi.

Il m'est arrivé de me demander pourquoi je valorisais cette qualité parmi tant d'autres. Car j'ai été peu trahi, rarement déçu par mes parents, presque jamais quitté. Donc pas de traumatisme décelable qui puisse expliquer cette priorité. Peut-être vient-elle en partie de la pratique manageriale, qui oblige à travailler en équipe et rend chaque membre vulnérable à toute insuffisance d'un autre. Au moment de boucler un hebdo à l'heure fixée par l'imprimeur, celui qui rend son papier en retard met en péril la sortie du numéro.

Peut-être aussi, plus profondément, est-ce dû au plaisir que je trouve à établir des rapports avec des personnes autonomes et solides. Faire preuve de fiabilité fait appel à toute une gamme de qualités de caractère et même de courage. Être fiable vis-à-vis de moi-même, c'est me respecter et me valoriser, comme je le fais à l'égard des autres. Pour moi c'est se montrer à son mieux.

C'est probablement pour cela que j'ai fait instinctivement de la responsabilité mon premier principe d'éthique (ce qui guide mon action) comme j'ai fait du respect de la vie ma pierre de touche morale (impératif auquel je choisis de me soumettre). Me reconnaître des principes, c'est m'imposer de la cohérence.

Responsabilité, cohérence sont des concepts exigeants dans la vie de tous les jours. Comment faire pour qu'ils ne m'empêchent pas d'être content ? Je me suis rendu compte que ce que j'aimais chez les autres je l'attendais encore plus de moi et qu'il est encore plus facile de se retirer à soi-même son estime que de le faire à d'autres. Je ne me veux pas responsable par vertu, mais pour continuer à être à l'aise en ma compagnie, ce qui est nécessaire à mon plaisir de vivre quotidien.

Au cours de ma vie, j'ai vu fluctuer autour de moi la valeur responsabilité. Dans mon enfance, on avait plus de devoirs que de droits et l'on vous déclarait vite coupable de ce que l'on ne faisait pas ou que l'on faisait mal.

Puis, l'influence de Freud, qui au moins ne nous rend pas responsables de notre inconscient, a gagné le grand public. J'en ai trouvé l'expression la plus claire et la plus maligne, dans les années cinquante, avec la chanson « Sargent Krupke », de *West Side Story*, où les jeunes délinquants expliquent à ce policier que ce qu'ils font de répréhensible est de la faute de la société et de plein d'autres, mais surtout pas de la leur.

Pendant ce temps, Dolto se chargeait de mettre les parents en face de leurs responsabilités quant à la santé psychique de leurs enfants. De ce fait, la culpabilité changeait de camp au point que, devant un mauvais carnet, pères et mères hésitent à gronder, de peur de traumatiser leur cancre chéri.

Troisième phase, depuis les années quatre-vingt-dix : la remontée de la responsabilité individuelle, pour des raisons pragmatiques. L'envie de bien vivre sa vie se généralise et chacun s'avise que cet objectif dépend essentiellement de lui, de son attitude, de sa résolution et même de ses pensées intimes. N'en arrive-t-on pas à se convaincre que si l'on développe un cancer, c'est qu'on a dû faire quelque chose pour ça ?

Comme la tunique de Nessus, la responsabilité, jumelle vertueuse de la culpabilité, nous colle à la peau

et la nouvelle théorie psycho-morale qui nous en déli-
vrerait n'est pas encore formulée.

Alors, responsable mais pas coupable ? L'infortunée auteur de cette autojustification, Georgina Dufoix, a été brocardée à l'époque du « sang contaminé ». Mais n'est-ce pas une distinction de bon sens, que chacun cherche à faire ? Responsable puisque je dois assumer tous mes actes, mais, heureusement, pas toujours coupable, car si j'ai fait mal, ce n'est pas forcément intentionnellement.

Et ce n'est pas pour me donner bonne conscience à peu de frais que je me sens le droit d'examiner mes actes selon ce critère. C'est au contraire pour pouvoir jouer pleinement mon rôle de responsable de ma vie, en me permettant d'assumer les conséquences de mes actes, sans pour autant condamner mes intentions.

Mais si la conscience que nous pouvons beaucoup pour notre bien-être personnel et celui des autres nous responsabilise, le fait de vivre dans une société où le risque est mutualisé (assurances et sécurité sociale) peut pousser dans l'autre sens : pourquoi devrais-je ramasser les crottes de mon chien puisque je paie des impôts qui financent les nettoyeurs municipaux ?

Tout dépend à quelle aune je juge mes propres actions : la loi, la solidarité, l'amour de mon prochain, l'image que j'ai de moi, le qu'en-dira-t-on, le civisme, le risque de me faire prendre ou ce qu'en aurait pensé mon père ?

C'est bien commode de pouvoir choisir le tribunal devant lequel nous acceptons de nous évaluer, car soigner notre bonne conscience est également nécessaire à notre contentement. Mais on sent bien le risque induit : se limiter à se fabriquer de bonnes excuses.

Finalement, la principale raison pour laquelle j'ai, jusqu'ici, assumé mes responsabilités est peut-être que pour bien vivre, j'ai besoin d'être content de moi et que je ne m'aime pas irresponsable.

12

La culpabilité

le ménage ne sera jamais terminé

Pour nous empêcher de vivre contents y a-t-il pire poison que la culpabilité ?

Pourtant qui peut dire, honnêtement, s'en être vraiment affranchi ? Même s'il est psychologiquement correct de considérer que tout épanouissement de soi, à tout âge, doit commencer par une bonne déculpabilisation.

Il m'arrive de penser qu'après un demi-siècle d'efforts, j'y suis enfin parvenu. Mais je crois qu'il est plus facile de se débarrasser de la peur que de la culpabilité.

On peut, heureusement, s'en alléger considérablement pour pouvoir mieux vivre, mais jamais complètement. Je ne suis pas sûr que je pourrais accorder toute ma confiance à celui ou celle qui s'en déclarerait totalement immune.

J'ai aimé ce dessin où l'on voit un détenu dire à l'autre : « D'accord tu es coupable, mais ce n'est pas une raison pour culpabiliser. » Ne sommes-nous pas tous coupables, un peu ou beaucoup, selon les standards idéaux et vertueux que l'on a essayé de nous inculquer ? Mais est-ce une raison pour se priver de bonne humeur ? La question est au cœur du désir contemporain de mieux vivre : *nous accepter tels que nous sommes est un chemin plus direct vers la satisfaction que la recherche d'une perfection, forcément inaccessible.*

J'en ai conclu qu'il me faudrait combiner deux démarches : essayer de me débarrasser du plus gros de mes culpabilités et m'entraîner à supporter en moi leurs scories résiduelles.

Mes culpabilités m'enveloppaient, comme un oignon, en couches superposées. La première me fut déposée par mes parents, que Dieu leur pardonne, qui n'ont jamais hésité à manier des « C'est très mal de... », « Ce n'est vraiment pas gentil de... », jusqu'à l'inévitable « Tu me fais de la peine quand... ». J'avoue que, devenu parent à mon tour, je n'ai pas trouvé tellement mieux pour tenter de canaliser l'exubérance, et l'occasionnelle malfaisance de mes bambins. Le tout avec des résultats très incertains, sauf celui de semer les premières graines du poison dans une âme vierge. Peut-on tenter d'éduquer un enfant (propreté, obéissance, sensibilité aux autres) sans avoir le moindre recours au levier de la culpabilité ? Non bien sûr, mais son accès ultérieur à l'autonomie passe par une prise de distance avec cette culpabilité « premier degré ». J'ai appris, pour mon compte, que ça prenait du temps, bien au-delà de l'adolescence.

Ma « seconde couche » pouvait paraître plus menaçante mais s'est révélée moins tenace. Elle tourne autour de la notion de péché et je la dois à mes éducateurs jésuites, chez qui je ne regrette toutefois pas d'avoir accompli mes études secondaires.

Je me revois essayant de trouver, quand il fallait passer au confessionnal, quatre ou cinq péchés vaguement crédibles et pas trop mortels qui puissent déboucher sur une absolution peu onéreuse. « Mon père, j'ai eu des mauvaises pensées... » se soldait par trois *Pater* et trois *Ave*, que j'expédiais sur-le-champ, avant de ressortir de la chapelle du collège.

Cette comptabilité peccamineuse me semblait trop épicière pour avoir été validée par la magnanimité divine. Il ne m'a pas été difficile de l'oublier dès mon retour dans le civil.

Mais j'en ai gardé une dent contre l'Église, pour avoir, vingt siècles durant, fait de la culpabilisation des esprits simples son arme de maintien de l'ordre.

La « troisième couche » mérite une mention à part, même si elle résulte à la fois de l'éducation familiale, de l'endoctrinement religieux et, dans les années cinquante, des restes de la morale victorienne. C'est bien sûr la culpabilité sexuelle. Pour un adolescent bourré d'hormones c'était, à la fois, fascinant et honteux. Tout conspirait au trouble : la masturbation, les frôlements furtifs, la difficulté, alors, de trouver des textes ou des images qui « légitiment » la vie sexuelle (ça a beaucoup changé depuis), la peur des filles de tomber enceintes, le vocabulaire moralisateur où revenaient des mots comme « sale » ou « bas », pour qualifier nos instincts les plus puissants. Comment sortir indemne d'années où ce à quoi l'on pense le plus spontanément est réputé pas bien propre et, de surcroît, mauvais pour la santé ?

Enfin Mai 68 vint, juste avant Woodstock, puis les premiers films hard. On passait du clair-obscur aux projecteurs, avec l'affirmation que toute culpabilité sexuelle était oppressive et toxique. Tentant en doctrine, mais tout à fait insuffisant pour simplifier ou banaliser ce qui reste en nous, heureusement, de plus intime.

Aujourd'hui, notre attitude à l'égard du sexe peut servir de passerelle pour mieux cerner un bon usage de la culpabilité dans la vie d'un adulte pas trop névrosé. La sexualité humaine, n'est-ce pas du relationnel qui s'exprime physiquement ?

Ne faut-il pas avoir presque exonéré l'usage de ses muqueuses de considérations morales (ne reste-t-il pas encore une quinzaine d'États américains qui assimilent la sodomie à un délit pénal ?) pour découvrir pleinement que l'essentiel du sexe est au service de notre affectivité ?

Si tout rapport humain génère des attentes et des codes, la relation amoureuse, même éphémère, les crée en abondance. D'où ce mélange inévitable et passionnant de plaisirs et de chagrins.

Reconnaître le désir de l'autre et espérer y répondre, c'est s'exposer aussi à le décevoir. Et comment un voile de tristesse dans des yeux que l'on aime pourrait-il laisser de marbre une personne sensible comme vous ou moi ?

Comment aimer sans s'exposer à la culpabilité de ne pas le faire assez bien ? Personne ne le sent mieux que nos enfants qui, dès le berceau, manifestent une aptitude exquise à sombrer dans le désespoir, juste au moment où nous passons la porte pour aller travailler. Et plus ils grandiront, plus ils perfectionneront ce talent de nous faire comprendre, y compris dans leur âge adulte, que nous aurions pu faire davantage pour eux.

Et si nous avons la chance d'avoir, alors, gardé nos parents, ces derniers sauront, à leur tour, appuyer sur la corde sensible. N'est-il pas vrai que nous manquons de temps pour passer les voir, que nous ne les avons pas appelés depuis une semaine et que, la dernière fois, c'était pour leur demander de venir garder les petits ?

La ronde des culpabilisations encercle les vies les plus heureuses.

Et comment vivre avec cette autre injonction évangélique, énoncée pour nous culpabiliser à jamais : il faut aimer son prochain comme soi-même ? Depuis le mendiant devant lequel je passe chaque matin, jusqu'aux atrocités quotidiennes au journal de 20 heures, tout nous rappelle que, malgré nos soucis et nos souffrances, nous sommes tellement plus chanceux que la plupart de nos contemporains... et que nous nous en accommodons.

Et l'on voudrait rester content ?

Tout compromis avec nos bons sentiments sent la convenance personnelle. Mais qui ne choisit pas cette voie ? En tout cas pas moi, qui n'ai jamais cotisé au Téléthon ni glissé la pièce à ce mendiant qui me semble un solide gaillard.

Insensibilité, endurcissement, absence d'empathie ? J'ai choisi de n'être concerné par le bien-être que d'un certain nombre de personnes, au gré des responsabilités ou des affinités de la vie. Combien ? Pas plus de quelques dizaines, je l'avoue.

Je considère le reste de l'humanité comme hors de portée et j'ai décrété que je n'étais pas égoïste pour autant.

Si je décris là mon propre comportement, ce n'est pas pour le proposer en modèle, mais pour témoigner d'une des milliers d'attitudes possibles face à ce dilemme : doser son potentiel de culpabilité, pour maintenir son goût de la vie.

Si je n'avais pas le sentiment de contribuer, au moins un peu, au contentement de ceux qui me sont proches, alors oui je me sentirais coupable des bienfaits de la providence à mon égard.

13

La mort

de la crainte au dialogue

Je m'intéresse depuis longtemps à la mort, ne serait-ce que parce qu'elle s'intéresse de près à moi. Il me semble que nos relations sont passées par trois phases : la crainte, la rencontre puis le dialogue.

Enfant, je la trouvais atroce et injuste. Très jeune, on « pressent » qu'on va mourir, et c'est un pur scandale, alors qu'on commence seulement à vivre. Quand il m'arrivait d'y penser, j'étais surtout perturbé à l'idée qu'un jour le monde continuerait à vivre sans moi et que je ne participerais plus aux progrès et aux changements que j'observais avec curiosité. Ce dont j'avais le plus peur, c'était de la perte de mes proches, parents ou animaux. La mort était d'abord une voleuse d'amour.

Quelques vieilles dames, dont ma grand-mère, et mon chien chéri sont morts autour de moi. J'ai eu du chagrin qu'ils ne soient plus là, mais je ne me suis pas identifié à leurs disparitions. J'étais trop jeune pour ne pas me sentir immortel.

La rencontre s'est produite à la suite d'un événement planétaire dont, rétrospectivement, la portée historique est restée limitée : l'assassinat de John Kennedy. Tous ceux de ma génération se souviennent où ils étaient quand ils ont appris la tragédie de Dallas. Moi, je voguais justement vers les États-Unis, sur le *France*. Kennedy incarnait la jeunesse, le succès, le charme et l'avenir. Soudain la mort bondit sur scène, et claque dans ses doigts : « Voilà ce que je fais de tout cela ! » Message reçu, pour de bon.

À la suite de ce choc, la rencontre s'est faite de nuit, dans les semaines qui ont suivi : je me réveillais dans le noir et je me voyais, concrètement, au fond du tombeau. Pas un cauchemar, puisque je ne dormais pas, mais une vision obsédante : moi mort et enterré. Je n'avais pas trente ans quand ma propre finitude est ainsi entrée concrètement dans ma vie. Depuis, nous ne nous sommes plus perdus de vue.

Il m'arrive de la sentir comme un oiseau sur mon épaule, participant muet et attentif à tout ce que je vis.

J'ai cessé d'avoir peur quand j'ai admis, en profondeur, ma condition de mortel. J'ai découvert alors peu à peu combien le dialogue, quotidien, avec la Faucheuse pouvait embellir ma vie.

S'il ne s'agissait que d'un rendez-vous fatal, à échéance de moins en moins lointaine, il n'y aurait qu'à me divertir pour y penser le moins possible. Même si c'est ainsi que vivent, en pratique, la plupart d'entre nous, ce serait, à mes yeux, un moyen sûr pour passer à côté de ma vie. Car c'est la présence flottante de ma mort qui donne à mes jours leur couleur et leur intensité. Sinon quel vide et surtout quel ennui !

La pensée de la mort est grave et quelquefois douloureuse, mais celle de l'immortalité serait proprement insupportable. Comment imaginer répéter, inlassablement, les mêmes routines quotidiennes, manger du poulet pendant des milliers d'années, croire encore à l'amour pour la centième fois, avoir lu tous les livres et ne plus rien attendre de nouveau dans un monde totalement connu ?

La tragédie du Hollandais volant ou la malédiction de Dracula, condamnés à ne jamais périr, montrent bien que l'humanité ne considère pas la vie éternelle comme un bienfait.

Si je devenais immortel, ça m'amuserait peut-être un siècle ou deux, mais je finirais forcément par avoir envie d'en finir.

Si la vie a pour moi un sens c'est du fait de sa rareté, de sa brièveté, de sa fragilité. Garantie, elle perdrait instantanément toute valeur et toute saveur.

C'est bien pour cela que notre mort est non seulement à l'origine de toute religion, mais qu'elle constitue la seule clé de voûte de toute philosophie. Par expérience personnelle, j'ai appris que tant qu'elle n'était pas intimement installée en nous, nous avons du mal à nous situer complètement. La vie ne devient vraiment forte et intéressante qu'une fois que l'oiseau silencieux nous est devenu familier.

Allons jusqu'au bout du propos : peut-on aimer la mort ? Non pas comme les fanatiques qui aiment tuer leurs adversaires et croient que leur propre mort va les propulser, glorieusement, dans un monde meilleur. Ma question est sans prime ni illusion : peut-on aimer sa mort en s'attendant qu'elle ne débouche sur rien d'autre que notre fin ultime ?

Aimer cette importune qui viendra toujours trop tôt ? Certes pas. Aimer son éventuel cortège de souffrances et de déchéance physique (mais le pire n'est jamais sûr, voyez de Gaulle, mort d'un bloc en faisant une réussite) ? Bien sûr que non. Aimer ce soleil noir qui donne son relief à chaque minute de mon existence ? Philosophiquement oui.

Vivant, je ne peux pas être satisfait d'être mortel. Mais c'est parce que je vais devoir mourir que je suis content de vivre. Montaigne nous disait que philosopher c'est apprendre à mourir. Il me semble qu'on peut avancer un peu plus : vivre chaque journée c'est apprendre à mourir.

Car chaque soir je meurs à tout ce que je n'aurai pas vécu pendant ces vingt-quatre heures. Il m'arrive de le penser par exemple en refermant mon quotidien habituel. Pendant les vingt minutes que je lui consacre en moyenne, je n'aurai lu que le dixième des informations qu'il contient. Mais je vois, en même temps, défiler devant moi les titres des articles que je choisis de ne pas lire. Certes, en cas de besoin, je pourrais retrouver ces textes à la documentation du journal. Mais la probabilité la plus forte c'est que jamais plus, de ma vie, je ne reviendrai à ces informations non lues. En refermant le journal elles disparaissent de ma vie.

Le non-fait, non-rencontré, non-vécu pendant chacune de mes journées est massif. En m'endormant, j'y renonce de fait, vraisemblablement à jamais.

Cet entraînement au renoncement est comme une mort au détail, à qui l'on ferait petit à petit sa place. En même temps que je continue à m'approprier de petits morceaux du monde parce qu'il faut bien vivre, j'en abandonne d'autres, sans même m'en rendre compte. Jusqu'à des prises de conscience, comme celle que je n'apprendrai sans doute plus de langues étrangères, ou que la majorité des pays de la planète me resteront inconnus. Et cela, moins parce que ça m'est devenu impossible que parce que j'en aurai probablement perdu l'envie.

Ma marge vitale tient encore dans ce « probablement ». Tant que je serai en vie, je peux encore changer d'avis, en théorie du moins.

Et après, le néant ou l'après-vie ? Je ne sais pas d'où me vient ce sentiment que de vouloir spéculer sur l'au-delà est dérisoire. Comme nous n'en saurons jamais rien de notre vivant, qu'est-ce sinon une tentative touchante mais vaine de se rassurer au pied du plongeoir ? Tous les discours religieux ou sentimentaux qui tiennent à garder les morts vivants (« Là-haut il nous regarde et il est content ») m'affligent un peu. J'ai observé qu'en situation mortelle (maladie ou vieillesse), plus d'un se passionne pour les hypothèses paradisiaques de tout acabit. Mais je me garde bien de les juger, ne pouvant prévoir comment je me comporterai quand viendra mon tour.

Si l'on trouve légitime d'éviter la douleur grâce à des stupéfiants, au nom de quoi condamner les morphines de l'âme ?

Au moins par dignité, j'essaie de m'accoutumer à l'idée qu'en mourant je disparaîtrai sans retour. Ce n'est pas par stoïcisme ou héroïsme, mais, tout au contraire, pour me prémunir de grandes angoisses ou de grands vertiges devant l'inéluctable. Ainsi disposé au pire, il me semble que je vis plus tranquille. Tant que ça tient.

Reste à savoir comment passer. Interrogés, au début de ce siècle, 70 % des Français répondaient : « Autant que possible sans m'en apercevoir. » Ce qui me laisse mal à l'aise. Sans souffrir, qui ne le souhaiterait ? mais sans s'en rendre compte, ne serait-ce pas sortir par la porte de service ?

Dans la catégorie des grandes satisfactions moroses, mourir chez soi, lucide et entouré des siens, ne manque pas de gueule. Mais il ne faut pas trop spéculer sur sa chance. Je pense souvent à cette phrase magnifique de Marguerite Yourcenar : « Je ne vis pas comme ils vivent. Je n'aime pas comme ils aiment. Je ne crois pas comme ils croient. Je mourrai comme ils meurent. »

14

L'impermanence

les jours agréables passent vite

La première fois que je me suis dit : « Vingt ans ça file très vite (sauf si on les passe en centrale) », j'ai ressenti comme une inquiétude. La fuite du temps est un thème tellement banal qu'on ose à peine la mentionner et pourtant nous semblons vivre sans en tenir compte. Le cadran de ma montre est rond, les heures y donnent l'impression de se contenter d'y tourner. Les saisons se succèdent et, au cœur de l'hiver, je rêve au printemps. Le soleil se lève chaque matin et je compte sur celui de demain.

La nature conspire à me faire croire au retour et au renouvellement, or c'est exactement l'inverse. Le coucher de soleil d'hier soir est une perte irréparable, puisqu'il ne se reproduira jamais plus. *Nevermore*, ce mot glacial du poème d'Edgar Poe, m'a toujours semblé plus fort que « jamais plus » ; il est la vérité crue de chaque seconde de notre vie. Comment pourrait-on vivre en ayant cette évidence constamment à l'esprit ? Les cycles de la nature nous aident à rester dans l'illusion confortable qu'il n'en est rien.

Sauf de temps en temps...

Quand je retournais, occasionnellement, en Normandie, dans la maison de ma jeunesse, où ma sœur avait pris la suite de nos parents, je ne prêtais guère attention aux pins qu'enfant j'avais vu planter le long d'un chemin proche. Un jour, je les ai redécouverts : ils avaient pris vingt mètres ! D'un coup, mon propre temps a rapetissé d'autant.

L'impermanence est un mot facile à comprendre. On ne le trouve pourtant pas dans le Larousse, car il est d'importation récente, en même temps que la découverte du bouddhisme dans nos contrées. Il n'est pas synonyme de fugace, éphémère ou temporaire, tous mots qui se réfèrent à la seule fuite du temps. Il ajoute la notion de changement, car ce qui scande notre vie, ce sont moins les jours qui se succèdent que les changements qu'ils nous apportent. La seule chose qui ne change pas, énonce le principe d'impermanence, c'est que tout change. Simple, évident même, mais déroutant.

Si ce changement universel ne grignotait pas sournoisement notre longévité, il serait plutôt sympathique. N'avons-nous pas hâte de voir pousser les fleurs que nous avons plantées ? Ne faisons-nous pas tout pour que nos projets aboutissent ? N'attendons-nous pas que les beaux jours reviennent ?

Après avoir pris en compte l'idée d'impermanence, je suis devenu moins impatient, car j'ai compris qu'attendre demain, c'était me voler d'aujourd'hui.

Pour profiter pleinement de ma journée, il fallait cesser de penser à la suivante.

Mais attendre, nous le savons concrètement, ralentit le temps. Si l'on m'annonce que mon train aura une heure de retard, je peux prévoir que cette heure, sans

contenu prévu, passera plus lentement que la précédente, très occupée à me préparer à mon départ et à partir pour la gare. Dans ce genre de circonstances, je m'improvise des exercices pratiques de jouissance de l'instant. Et d'abord, sortir tout de suite de l'état d'esprit ronchon du voyageur qui subit son retard, pour entrer dans celui de l'individu qui se découvre une heure de disponibilité providentielle. Si pour le premier l'heure de retard lui paraîtra durer quatre-vingt-dix minutes, pour le second elle pourrait se réduire à quarante.

Choix cornélien, puisque j'apprends à agir, intérieurement, sur la manière dont je perçois le temps et les changements : vais-je préférer qu'il aille plus vite ou plus lentement ?

Le paradoxe troublant, c'est que plus le temps est agréable, plus il passe vite. Pour que la vie nous paraisse durer plus longtemps, faudrait-il donc s'évertuer à s'y ennuyer ?

On connaît l'histoire du médecin qui indique à son malade qu'il lui faudra désormais s'abstenir de fumer, de boire de l'alcool et de faire l'amour : « Et vous croyez, docteur, que je vivrai plus longtemps ? – Je ne sais pas, mais la vie vous paraîtra plus longue. »

Faut-il se résigner à ce que notre existence nous semble d'autant plus courte qu'elle est belle et heureuse, indépendamment de sa longueur temporelle ?

Et plus elle nous plaît, plus elle s'accélère. L'enfance nous semble interminable, tant nous attendons de grandir et faute d'expérience sur le temps que prennent les choses de la vie. Mais quand, jeune adulte, nous entrons dans l'action, le temps se met à filer comme les vagues le long d'un voilier par bon vent. Ce qui nous réjouit, puisque l'ennui s'efface. Plus tard, nous commençons à nous inquiéter en sentant que notre propre stock de temps s'amenuise. Quand on descend le Niagara, c'est à l'approche des chutes que le cours du fleuve s'emballe.

Le sentiment concret d'impermanence m'est venu à l'expérience, quand j'ai constaté qu'inexorablement, les grandes joies comme les grandes douleurs s'estompent avec le temps. Personne ne l'a mieux exprimé que Léo Ferré : « *Avec le temps, va, tout s'en va. Même les plus chouettes souvenirs, ça t'a une de ces gueules...* »

Je suis resté saisi de l'anecdote narrée par une amie qui, rencontrant un jour, dix ans après leur divorce, son ex-mari, encore jeune, avec lequel elle avait eu deux enfants, avait soudain réalisé qu'il ne la reconnaissait pas. Elle ne s'en est jamais tout à fait remise.

De leur constat d'impermanence, les bouddhistes tirent deux grandes conclusions. D'abord, allégeons-nous de la souffrance que l'on peut ressentir devant nos drames, puisque cette dernière passera. Et s'il faut, au nom du même principe, s'attendre à ce que les grandes joies s'affadissent aussi, apprenons à nous y résigner car nous n'y pouvons rien. Depuis, la découverte de l'inconscient et des thérapies nous a appris que, si certaines douleurs résistent obstinément au temps, il vaut mieux se faire aider pour s'en affranchir ou du moins les atténuer. Il ne s'agit alors que de rétablir le fonctionnement normal de l'oubli.

Une autre application pratique de l'impermanence suggère d'éviter de consacrer trop de temps à l'édification de son propre mausolée. Comme d'autres, j'ai pu être tenté de laisser quelque chose « derrière moi » : une œuvre, des bâtiments, une descendance, ou au minimum un bon souvenir. Mais laisser pour combien de temps ? Cinq ans, cinquante ans, cinq siècles ? À moins de faire partie des grands génies ou des grands tyrans de l'humanité, le souvenir de moi disparaîtra en même temps que la dernière personne à m'avoir connu, sinon bien avant.

Dans le mouvement accéléré de la vie moderne, les entreprises que j'ai créées, les maisons que j'ai construites sont destinées à être revendues et la génération suivante ne pourra pas savoir que j'y ai joué le moindre rôle. Ce qui d'ailleurs ne m'affligera nullement puisque je serai mort. Et quand on est mort, un jour, dix ans ou un million d'années se valent. Qui sait si l'humanité existera encore dans un million d'années ?

Toute velléité de se survivre ne peut que se dissoudre dans un éclat de rire. D'autant que je suis le premier à ne garder qu'un vague souvenir de moi.

De combien de jours de notre vie, de combien de visages aimés, de combien de noms de ceux avec qui nous avons travaillé directement nous rappelons-nous précisément ?

Ma conscience de l'impermanence me ramène au présent et lui donne toute son importance. Sa trace est vouée à s'effacer tellement vite et l'avenir passera au rang de clichés jaunis avant que j'aie eu le temps de m'en rendre compte. Autant tirer un bénéfice de cette évidence : chacun de mes instants est unique, sans sillage durable et, de ce fait, mérite d'être savouré le plus pleinement possible. Ce qui me rappelle une réplique de Sacha Guitry, dans son grand âge, à une importune : « Maître, je sais que vos instants sont précieux. – Et en plus, madame, ils sont comptés ! »

15

L'ignorance

savoir ou plutôt croire

L'ignorance est mon état naturel, je ne sais presque rien et dois m'en accommoder pour bien vivre. D'ailleurs, comment saurais-je ? J'ai fait des études limitées, dans des domaines restreints et ne m'en souviens guère. Ma mémoire n'est pas fiable et je manque de temps pour étudier ou découvrir de nouveaux savoirs. Quant à mes expériences, elles sont, puisque je ne vis qu'une fois, fort réduites. Sur presque tout, je dois croire plus que je ne sais.

Ainsi, sur la réalité de mes relations avec ceux qui m'entourent, je crois beaucoup de choses, mais bien des fois, je me suis rendu compte que j'étais passé à côté de l'essentiel. Dans la pratique de mon métier, je fais comme si je savais et souvent je m'en suis bien tiré. Jusqu'à l'arrivée des vrais ennuis qui m'ont rappelé tout ce que j'ignorais encore. Même dans les choix de ce qui devrait être bon pour moi, je me suis souvent trompé.

Comme nous tous, je vis donc de manière probabiliste en prenant chaque jour des options à partir de quelques repères, qu'il est facile de confondre avec des savoirs.

Je vis au jugé en accumulant les paris et m'estime content si le résultat moyen est plutôt bénéfique ou réussi. De ce fait, je dois aussi m'attendre à être déçu. Comme le funambule, il vaut mieux que j'oublie l'abîme d'ignorance que j'ai sous mes pieds.

La disproportion considérable entre ce que je sais et ce que j'ignore me rend dépendant du reste de l'humanité pour à peu près tout.

Mes ancêtres, chasseurs des cavernes, devaient connaître l'essentiel sur le monde qui les entourait, sous peine de périr de faim ou de mort violente. Si je me retrouvais seul, perdu dans une forêt, saurais-je allumer un feu sans allumettes, tuer une proie, la dépecer, la faire cuire ? Voici des générations que nous avons délégué le soin de nos besoins vitaux à des spécialistes, à qui nous devons faire confiance. Ce que nous apprenons, pour notre part, c'est à trouver et à choisir les spécialistes en question, que ce soit le boucher, le médecin ou le sage.

Pour la culture, les sciences, la manière dont fonctionnent les machines complexes, je ne connais que les têtes de chapitres, les panneaux indicateurs de pistes. De là, au gré de mes nécessités d'action ou de bien-être, je dois chercher au quotidien, à l'aide de dictionnaires, guides, recettes, réseaux de relations, et désormais Internet. Écolier, on m'avait soutenu qu'il fallait, en priorité, accumuler des connaissances. Maintenant que j'ai mesuré le peu qui m'en reste, j'ai compris combien il était plus important d'avoir appris à chercher, soit la réponse, soit celui qui peut m'aider à la trouver.

Qu'ai-je besoin de savoir pour vivre content ? Ce que

l'on m'a enseigné ? Le latin, les mathématiques, le droit administratif, les chefs-lieux des départements ? Ou ce que j'ai dû apprendre à l'usage : aimer, sourire, réfléchir, tolérer, entretenir mon corps, accepter ce qui est, dire un mot gentil ? Pour moi ce ne sont pas des savoirs, mais des connaissances, je ne les ai pas étudiées, je les ai faites miennes à l'expérience. Elles n'ont pas fait de moi un savant, mais un vivant.

Il m'aura fallu du temps pour les hisser au podium de mes valeurs.

J'étais né dans un milieu où les sujets nobles, ceux qui méritaient qu'on en parle et qu'on s'y consacre, étaient les débats politiques nationaux, les problèmes mondiaux, les évolutions macroéconomiques, la conquête du pouvoir. Ce qui relevait du quotidien, de la banalité, des conversations ordinaires, de la vie matérielle, était perçu comme secondaire voire médiocre. Ceux qui en parlaient nous ennuyaient un peu. Je mesure aujourd'hui le temps qu'il m'a fallu pour comprendre que c'était pourtant là que se nichait le plaisir de vivre et que les « grands problèmes », pour importants qu'ils fussent, pouvaient gratifier mes neurones, mais pas mes sentiments.

Réalisant que la pauvreté de mes savoirs resterait incurable, je découvrais heureusement en même temps qu'elle ne m'empêcherait pas de vivre content.

Dans la quête du plaisir de vivre j'étais un autodidacte, au même rang que chacun d'entre nous. Mais cette connaissance décisive, je ne pouvais l'acquérir par du bachotage. Il me faudrait la déduire de l'enchaînement de mes jours. Je commençais à mesurer la différence de résultats entre le pensé et le vécu. Ce qui me rappelle un mot de McLuhan, le prophète des médias :

« Quand tout aura été dit et fait, davantage aura été dit que fait. »

En même temps que mes savoirs, j'ai fait le deuil de mes certitudes, puisque, sur ma vie, je ne peux m'appuyer que sur une seule : je devrai la quitter un jour.

Tout le reste n'est que croyances ou spéculations. Au-delà de la foi, qui n'est le privilège que de quelques-uns, nous avons besoin de croire pour vivre bien : croire que les autres sont plutôt bienveillants, croire que nous n'allons pas perdre notre gagne-pain demain, croire qu'au prix d'efforts, nous pouvons obtenir ce que nous souhaitons.

Nous sommes pétris de croyances et, sans nous en rendre compte, au cours d'une seule journée, nous sommes guidés par des centaines d'entre elles : que les voitures s'arrêtent aux feux rouges, qu'il va pleuvoir tout à l'heure, qu'il faut dire bonjour en arrivant au travail, que nos enfants vont rentrer de l'école à l'heure, etc. Sans elles, comment pourrions-nous fonctionner ?

Mais nos croyances sont porteuses de deux problèmes : elles sont incertaines et souvent nous compliquent la vie.

Je croyais mon premier mariage indestructible et il a pris fin. De ce fait, j'ai gagné en réalisme sur l'amour, mais perdu en confiance. Je n'ignorais pourtant pas que les couples pouvaient être précaires, mais je ne le croyais pas pour le mien. Ce n'était pas une raison pour désespérer de l'amour, puisque j'ai récidivé, mais je porte une plus grande attention au déroulement de ma relation. Je me crois ainsi mieux protégé, mais en fait je n'en sais rien.

Les thérapeutes comportementaux interrogent leurs

patients sur leurs croyances, souvent pour leur faire prendre conscience que ces dernières peuvent les bloquer. Si, du fait de mes observations d'enfant, je crois que les hommes et les femmes ne peuvent éviter de se disputer, j'ai moins de chances de connaître un couple harmonieux. Si je crois que tous les patrons exploitent leurs salariés, je vivrai professionnellement sur le qui-vive. Dans les deux cas, ma vie sera moins agréable.

En regard de la modestie de mes savoirs, j'ai reconnu l'importance de mes croyances. Les identifier, les réévaluer, abandonner celles qui se révèlent fausses ou nocives, conforter celles qui m'aident à me sentir mieux : le travail sur mes croyances est permanent et ne cessera pas.

De toutes ces dernières, la plus dangereuse est quand je crois... savoir, mais je ne peux pas non plus mettre en doute tout ce qui fonde mes choix et mes actes.

C'est ainsi que je suis amené à prendre des risques. Mieux vaut que ce soit consciemment.

Récemment, dans une traduction modernisée de la Bible, une exégète, Florence Delay, a remplacé le mot croyance (fort présent, on l'imagine, dans un tel ouvrage) par celui de confiance. Notion effectivement plus juste et plus proche de la vie réelle. Je n'ai pas besoin de croire en quelqu'un avec qui je suis en relations, il me suffit de lui faire confiance. Ce vocable est moins trompeur que celui de croyance car il implique d'avance une part d'aléa. On sait que la confiance peut être trahie, par les autres ou par les événements ; donc en pensant en termes de confiance, on reste plus près du réel.

Pour agir la confiance me suffit.

Je constate, enfin, que la modestie s'améliore avec

l'âge, ce qui paraît paradoxal. Avec le temps, ne devrais-je pas en savoir plus, au moins par accumulation ? Or, le progrès de ce que j'apprends est, je le note, moins rapide que celui de la mesure de ce que j'ignore. Par chance, cela me tranquillise plus que cela ne m'inquiète.

16

L'acceptation

se réconcilier avec la banalité

Depuis que j'ai accepté de mourir, il m'est plus facile de rester coincé dans un embouteillage sans m'énerver. Mon frère Jean-Jacques n'aimait pas accepter, il avait intitulé un de ses livres *Forcer le destin*, ce que j'avais trouvé à la fois grandiose et dérisoire, bref humain. Plus jeunes, en famille, nous estimions important de gagner ; or, se contenter de dire oui à ce qui se présente a peu de chances de vous façonner une vie singulière ou de vous propulser en haut des podiums.

Le volontarisme était de notre âge. Tant qu'on n'a pas remporté quelques victoires, ni eu l'impression de participer au moins cinq minutes à l'histoire des hommes, on considère l'acceptation comme passive voire défaitiste.

Plus tard, quand la priorité n'est plus au score mais au contentement, on s'aperçoit qu'accepter ouvre la voie la plus directe et la plus simple à la satisfaction.

Je m'efforce de sortir d'une contradiction : devoir à la fois prendre ma vie en main et cultiver la sérénité de me réjouir de ce qui advient.

Sinon, pourquoi ne pas rester couché le matin et dire que tout est bien ?

J'aime l'anecdote vécue du physicien, qui avait contribué à la première bombe atomique américaine et qui un jour, en forêt avec un ami, ramasse un bébé hérisson. Quelques instants plus tard il revient sur ses pas. Son ami s'étonne, mais lui : « Je vais le remettre là où je l'ai trouvé. Il me semble que j'ai déjà suffisamment interféré avec l'ordre des choses. »

Comme pour tout, généraliser engage sur une fausse piste. Mon problème personnel serait plutôt d'apprendre à tempérer mes envies d'action, tandis que pour d'autres ce sera de se mettre enfin en mouvement. Nous jugeons trop l'espèce humaine à l'aune de notre seul tempérament. L'activisme du mien a retardé, jusqu'à la maturité, ma rencontre avec l'acceptation. C'est alors que j'ai compris qu'il ne fallait pas la confondre avec la résignation.

Une phrase toute simple, dans un manuel de bouddhisme, m'avait mis sur la voie : « Accepter la réalité immédiatement. » Cet « immédiatement » m'a fait l'effet d'un choc électrique : quel temps gagné ! Ce qui m'a rappelé une réplique du film *Le Parrain* : « Don Corleone aime avoir les mauvaises nouvelles très vite. » Dans la vie courante, ce n'est pas ce qu'on observe. Ainsi, combien de gens, qui se sont mis sexuellement en risque, retardent de plusieurs années l'analyse de sang révélatrice ? À la suite de drames ou de simples contrariétés, que de paroles vaines pour dire, après coup, que ça aurait pu être évité !

L'acceptation des bouddhistes est différente du « C'était écrit ! » coranique. Leur karma relève davantage d'une comptabilité, sur plusieurs vies, des conséquences de nos actes. L'examen rigoureux des causalités révèle le rationalisme de cette philosophie spiritualiste. Accepter « immédiatement » implique aussi d'assumer ses responsabilités, dont éventuellement celles que l'on a dans ce qui vient de se produire. Une invitation de plus à se désempêtrer de son ego.

Un expert en pensées orientales m'affirmait que la formidable croissance économique asiatique résultait entre autres des affinités entre bouddhisme et management. Ce dernier ne consiste-t-il pas à évaluer, à tout instant, ce qui est en train de se passer, quelles en sont les raisons et les conséquences ?

Accepter les faits comme ils sont est un nécessaire premier pas. Il permet d'agir à bon escient et sans retard, mais ne suffirait pas à nous procurer le contentement. L'étape suivante invite à trouver cette réalité bonne, ce qu'elle est la plupart du temps. Je ne suggère pas là de se réjouir des tragédies et des souffrances de la vie, mais je note qu'elles ne sont heureusement pas notre quotidien. Sans conteste, notre vie ordinaire recèle des agréments dont nous ne savons pas profiter.

La « gagne », désormais tant prisée, nous pousse à l'exceptionnel, au point que tout le reste nous paraît fade. Or l'exceptionnel est, par essence, rare alors que le banal abonde.

Là encore, les bouddhistes disent des choses simples. En matière de contentement, ils semblent être performants. Leurs lamas ne s'esclaffent-ils pas davantage que la moyenne du clergé des autres religions ? Ils disent : « Quand je mange, je mange. Quand je marche, je marche. » Ils nous suggèrent de lutter contre notre habitude systématique de vouloir faire plusieurs choses à la fois : dîner et causer, lire et entendre de la musique, conduire et téléphoner, faire l'amour et réviser les événements de la journée. Accepter que ce soit dans les activités les plus simples que réside une part de notre épanouissement demande, aux Occidentaux que nous sommes, un certain entraînement. Pour l'avoir essayé (je suis encore loin de l'objectif) je peux garantir des gratifications concrètes.

Il m'arrive de me préparer à une rencontre ordinaire comme s'il s'agissait d'un rendez-vous essentiel. Il suffit d'y penser avant, d'imaginer des moyens de l'animer, de l'amener plus loin que prévu, de la scénariser un peu. J'arrive à la faire passer ainsi de la case « routine » à la case « événement ». La personne concernée ne s'en rend pas toujours compte, mais moi j'y ai trouvé plus d'intérêt.

Cette démarche, parce qu'elle s'inspire de principes nés dans certaines religions, pourrait donner l'impression qu'il s'agit de devenir meilleur ou plus vertueux. Il ne faut rien exclure, mais ce n'est pas, à mes yeux, son principal intérêt. Il s'agit d'abord de rendre, au jour le jour, nos vies plus riches et plus agréables, ce qui suffit à la justifier.

Reste à intégrer l'inévitable contradiction entre la désirable acceptation et la nécessaire et énergisante action. La meilleure formulation se trouve dans la fameuse prière de Marc Aurèle, l'empereur stoïcien : « Donnez-moi la sérénité d'accepter les choses que je ne peux pas changer, le courage de changer celles qui peuvent l'être et la sagesse de faire la distinction entre les deux. » Limpide partage entre acceptation et résignation. J'ai, pour ma part, souvent souligné à mes collaborateurs qu'il était inutilement fatigant de pousser sur une porte verrouillée. L'art consiste à déterminer si elle est verrouillée ou seulement fermée.

Entre le pôle action et celui de l'acceptation vient s'insérer l'âge du capitaine. Des différentes approches d'une vie meilleure, certaines sont valables dès la jeunesse. L'acceptation, elle se valorise avec le temps, car pour en profiter pleinement peut-être faut-il avoir essayé son contraire : tenter de « forcer le destin ».

Avec les années, on admet qu'on n'aura plus le temps de refaire le monde.

On s'accepte de plus en plus comme on est, faute de pouvoir espérer faire de nouvelles études ou changer radicalement de métier. La plus évidente raison d'accepter ce qui se présente désormais à nous est la prise de conscience que les choix s'amenuisent.

Imaginer de changer de vie ou même de changer sa vie paraît de moins en moins réaliste. Ce qui rend plus facile d'aimer celle-ci comme telle.

Voici longtemps déjà que j'ai renoncé à être classé au tennis, à parler correctement l'allemand ou à jouer du violon. Chaque abandon, même insignifiant, c'est mourir un peu. D'où cette nécessité de se réconcilier le plus tôt possible avec l'inéluctable.

Vouloir repousser constamment les limites de l'impossible assure depuis des millénaires le progrès de l'humanité. Une tendance qui s'est affolée depuis deux siècles. Mais ce qui est bon pour l'espèce ne l'est pas forcément pour moi aujourd'hui. Je me réserve le droit, un jour, de ne plus pousser le rocher de Sisyphe et je m'entraîne à estimer alors que ce sera bien ainsi.

17

Le sens
la vie comme fil rouge

Quand le sens de ce que je fais ou de ce qui m'arrive vient à s'estomper, je peux déguster un espresso ou me repasser un quatuor de Beethoven. Le remède n'est pas souverain, du moins crée-t-il en moi une zone de contentement concrète.

À défaut du sens il me reste mes sens.

Ce n'est même pas une boutade. Nous constatons souvent que ceux qui prennent plaisir aux petites choses sont mieux protégés contre les angoisses existentielles.

Ma version personnelle de l'apostrophe évangélique serait : « Heureux ceux qui ont des plaisirs simples ! » N'est-ce pas, en partie, grâce aux sensations agréables que l'on y découvre que l'enfance est insouciante ?

Jusqu'au jour où l'on passe devant le stand de barbe à papa, à la foire, sans demander qu'on nous en achète une, et plus tard devant la foire elle-même, sans avoir envie d'y entrer. Signes que la question du sens de la vie va bientôt nous titiller.

Jusqu'à la moitié du siècle dernier, les adultes trouvaient le relais de leurs rassurantes jouissances d'enfance dans la foi, à défaut dans leurs croyances, au minimum dans leurs convictions.

Entre l'aspiration au salut éternel, la ferveur patriotique et un idéal de justice, on pouvait même rassembler assez de sens pour se faire trouer la peau. Mes parents, mes aînés sont allés au combat contre les nazis sans états d'âme. Mais la dernière des guerres justes était porteuse, alors à leur insu, de l'abomination de la Shoah. La paix revenue, la révélation de cette barbarie ultime a confronté leur génération à l'absurde, à l'absence terrifiante de sens. Ils ont senti que l'espèce humaine en était déconsidérée et que l'exaltation du progrès devenait dérisoire. Le retour aux valeurs simples d'avant-guerre n'était plus possible.

Deux décennies plus tard, leurs enfants, acteurs des mouvements mondiaux de 1968-1970, ont voulu croire que le refus de la contrainte et la libération de la jouissance des corps donneraient un nouveau sens à leur existence. Étape sympathique aux effets trop éphémères. Trouver dans les plaisirs physiques sa raison d'être peut suffire aux singes bonobos, mais plus difficilement à nos esprits supposés plus complexes. Pour nous, aujourd'hui, les grandes questions de l'existence restent posées.

Mon besoin minimum de sens, c'est de ne pas trouver incohérent ou illisible ce qui m'arrive à tout instant.

N'ayant pas la foi, je suis privé de la commodité d'une réponse unique et globale. À défaut, il m'est arrivé d'envier ceux qu'habite une passion, qui leur permet de trouver tout le sens dont ils ont besoin dans une personne, un projet, un sport, ou une obsession.

Puis j'ai eu l'occasion d'observer de près certains de mes semblables en proie à la passion du pouvoir ou à celle de l'argent. J'ai côtoyé les premiers au soir d'une élection perdue et ça m'a guéri de l'envie de m'exposer à de telles hémorragies de sens. J'ai partagé avec les seconds leurs moments de détente et me suis bien vite ennuyé.

Ma méfiance personnelle à l'égard des passions doit venir d'un fond de prudence : l'idée de presque tout miser sur un seul numéro m'ayant toujours paru trop aléatoire. Non seulement l'argent, le pouvoir et les amours peuvent se dérober, mais toute survalorisation d'un seul volet de l'existence peut aussi s'affadir en moi. Si alors je n'ai pas cultivé d'autres jardins, je me retrouverais comme la cigale : fort dépourvu.

Si j'avais dû vivre une passion, il me semble que j'aurais préféré que ce soit celle d'un art, comme celle des virtuoses. Mais ceux que j'ai admirés, comme Yehudi Menuhin, avaient justement, du yoga à l'action humanitaire, bien d'autres cordes à leur arc.

Même si je fais partie de ceux qui trouvent que la vie n'a pas, en elle-même, de sens, je crois qu'il nous revient de lui en donner, de la manière qui nous convient le mieux.

Comme pour tout le monde, le sens au quotidien peut m'être fourni par les satisfactions ordinaires. Un moment de succès, une rencontre inédite ou amusante, un regard entendu d'un de mes semblables, un problème intéressant à résoudre, une belle lumière sur la ville, un mot d'esprit, un silence propice, une nouvelle étonnante, une peau douce, me font enchaîner les heures sans angoisse. J'y trouve des sources de sens évidentes et faciles, même si je les sais partielles et fugaces. Plus j'avance en expérience et plus j'apprends à les apprécier. Mais pour qu'elles continuent à jouer leur rôle j'ai éprouvé, de longue date, le besoin de trouver un sens plus global, qui les fédère.

Le doute m'est naturel et me protège contre les risques de l'illusion ou de l'adhésion aveugle. Mais, en même temps, il me privait d'un socle solide, d'un minimum de conviction sur laquelle puisse s'appuyer le fonctionnement de ma petite machine à vivre autonome. Cette sorte de base pragmatique de philosophie personnelle a fini par émerger, peu après la trentaine, quand j'ai ressenti que je ne plaçais rien au-dessus du respect et du culte de la vie. Qu'on s'entende : je ne suis pas opposé à l'avortement, même si j'ai toujours été un adversaire résolu de la peine de mort. Mais le respect de la vie, à mes yeux, est une notion plus vaste. Il s'agit de favoriser, dans toute décision, dans tout choix personnel, ce qui sera le plus porteur de vie. Car si cette dernière m'a été donnée, puisque je suis là, je peux la rendre, pour les autres et pour moi, plus ou moins intense, belle, variée et riche. Ne pas tuer reste un minimum évident, mais il s'agit, surtout, devant la stupéfiante brièveté de mon passage dans ce monde, de mettre le plus de vie possible dans chacun de mes précieux instants.

Le respect de la vie, c'est le respect de la vie en soi, de la vie en moi, de la vie des autres et la valorisation prioritaire de tout ce qui intensifie notre conscience d'être vivants.

Ce qui m'a logiquement amené à penser que je ne trouverais pas d'autre sens à la vie que la vie elle-même. Et ce n'est pas à mes yeux une tautologie, car il ne suffit pas d'être en vie pour trouver un sens à sa vie. Il me revient à la fois de nourrir la mienne et de m'en contenter.

La nourrir revient à en faire un projet, à considérer qu'elle est le seul chef-d'œuvre qui vaille, à la structurer d'une exigence qui ne regarde que moi.

Faire que ma vie soit mienne demande à y laisser subsister, lucidement, une part d'illusion : celle que je puisse en être le principal artisan, celle de croire qu'il m'est possible au moins de négocier avec le destin. La lucidité me rappelle que je peux être contredit, à tout moment, par les circonstances, mais au moins, j'aurai essayé. Et essayer c'est précisément investir de sens ce dont on fait projet.

Et puis, les circonstances, pour être souvent contrariantes, ne sont que rarement tragiques. Ce qui met en lumière le meilleur moyen pour me contenter de la vie que j'ai ou que je me fais : renoncer à tout fantasme d'absolu. Même si la recherche de ce dernier paraît naturelle à tout penseur occidental, car elle flatte notre goût excessif pour la logique et la rigueur. Si, en revanche, nous prenons comme base de réflexion sur la vie que tout est relatif, nos repères intellectuels vacillent.

À choisir, j'ai moins besoin d'un système de pensée que d'un système de vie. Apprendre à admettre ce qui m'arrive et à m'y adapter m'offre une meilleure garantie de contentement que de contrôler et modifier ce qui peut me concerner. À défaut d'être maître de l'univers, je peux tenter de le devenir de mon for intérieur.

C'est probablement ce qui faisait écrire à Kipling, dans son fameux poème *If*, que, face au triomphe et au désastre, il convenait de traiter ces deux imposteurs de la même manière. J'ai eu ma part de succès et d'échecs. Si ces derniers ne m'ont pas détruit, c'est que je ne m'étais pas raconté que je pouvais compter en permanence sur la réussite.

À partir d'une valeur première, celle que j'attribue à la vie, je me pose une question simple pour déterminer si ce qui se présente est riche de vie. Je trouve plus porteur de sens de me demander alors si « j'aime » ou « je n'aime pas » que si « c'est bien » ou « c'est mal ». Sans, bien sûr, que je puisse me passer du bien et du mal comme critères d'action.

Mais la meilleure garantie de rester dans le bien n'est-elle pas, justement, de l'aimer plus que le mal ?

En pratique, pour moi, sens et contentement sont intimement liés. Une souffrance qui a un sens (deuil « naturel », douleur consécutive à une opération réparatrice) n'est-elle pas plus facile à supporter qu'une tragédie absurde ou injuste ?

18

Le plaisir

choisir et se rendre disponible

Le plaisir rend content, on peut compter là-dessus. Voire ! N'avons-nous pas tous des souvenirs nostalgiques de plaisirs d'enfance dont nous aurions un peu perdu la recette ? J'ai mis du temps à réaliser que trouver mon plaisir et en profiter pleinement demandait un effort conscient. Même pour les plus simples.

Il fait beau et frais, un joli matin de printemps ; l'animal qui est en moi aimerait s'arrêter pour regarder et respirer, pour se sentir faire corps avec cette nature enjôleuse. Mais j'ai à faire, je suis en retard, je vais en voiture jusqu'au parking souterrain de mon bureau pour y arriver au plus tôt. Le soir, en rentrant, un de mes enfants me dira qu'il s'est promené dans la rue et que c'était délicieux.

Je n'étais pas disponible pour ce plaisir-là.

Quant aux plus complexes, comme la lecture, aux plus risqués, comme la gourmandise, ou à ceux qui se font à plusieurs, comme l'amour, il faut quelques conditions favorables pour y avoir pleinement accès. En théorie, ma vie peut receler des plaisirs illimités, ce qui est tout à fait équitable, puisqu'elle comportera aussi son lot de soucis, de souffrances et de chagrins. Ces derniers me tomberont dessus que je le veuille ou non, tandis que mes plaisirs, il me faut les désirer, les rechercher, et souvent les organiser.

Au moins y avons-nous accès. Ceux qui lisent ce livre, comme celui qui l'écrit, ne font pas partie des déshérités de la planète, misérables ou opprimés. Nous vivons dans des pays évolués où nous disposons du vivre et du couvert, sans compter les RTT. Nous n'avons pas tous les mêmes moyens pour nous « offrir des plaisirs », mais point n'est besoin d'un château pour jouir de l'existence. Les questions que nous posent les plaisirs sont moins matérielles que psychologiques : comment nous rendre disponibles pour mieux en profiter ? Auxquels d'entre eux nous donnons-nous droit ? Comment éviter leurs inconvénients ? Et chaque fois, comment en profiter ?

Tous mes plaisirs prennent du temps, même celui de m'arrêter pour regarder autour de moi.

De ce fait, il vaut mieux que je ne pense pas trop à tout ce que je m'empêche de vivre, faute de temps ; ce serait déprimant. De surcroît, notre société opulente nous sature d'offres de plaisirs nouveaux. La frustration n'en est souvent qu'avivée. Ma bibliothèque est pleine des livres dont j'ai eu envie, puisque je les ai achetés, mais que je n'ai jamais pris le temps de lire. Combien d'amis n'ai-je pas vus depuis plus d'un an, faute de disponibilité ? Je me suis tracé une ligne de conduite pour faire la part du temps.

Décider quels sont les quelques plaisirs qui comptent le plus pour moi et les traiter alors comme tout aussi prioritaires que mes tâches et devoirs.

Ce qui pose implicitement la grande question de l'autorisation que je me donne d'écrire la phrase précédente, en toute bonne conscience. Mettre mes plaisirs au même rang que mes devoirs, en suis-je seulement moralement capable ?

Comme on n'obtient pas grand-chose sans efforts, on nous a inculqué à tous, avec plus ou moins de résultats, que les efforts passaient avant le plaisir. Mais on nous a rarement ou jamais dit que le plaisir était tout aussi essentiel pour bien vivre. On pensait que nous trouverions bien ça tout seuls. Ce n'est pas faux, mais moins que l'imaginaient nos éducateurs.

Les cabinets des psy sont pleins de gens qui ne s'autorisent pas le plaisir et n'en sont même pas pleinement conscients. Et chacun de nous vit avec des limitations ou des interdits qu'il n'a jamais remis en cause, faute d'y avoir réfléchi. Exemple minuscule : je ne m'autorise pas à faire du shopping pendant les heures de travail, même si, du fait de mes déplacements professionnels, je passe devant le magasin qu'il faut pour m'acheter les chaussettes dont j'ai besoin. Curieusement, quand je suis à l'étranger, ce bridage auto-infligé ne tient pas, ce qui fait que je me suis parfois retrouvé en train de renouveler mes sous-vêtements à Londres ou à Milan.

Se donner le droit au plaisir ne va de soi pour aucun de nous. Pour certains, c'est même plus difficile que de disposer des moyens matériels pour s'offrir ce dont ils ont envie.

Comme zone de blocages à déminer, le terrain prioritaire est souvent celui des plaisirs sexuels, lourds de préalables. D'abord le non-dit, qui nous laisse dans le doute sur ce qui est acceptable ou non par le partenaire. Puis les interdits que l'on s'inflige, en fonction de ce

123

que l'on a cru entendre ou comprendre de la morale et des attentes de l'autre. Enfin, les incertitudes sur sa propre désirabilité ou sa capacité à donner du plaisir. Sans oublier, comme ne manque pas de nous le rappeler Woody Allen, la peur du ridicule. C'est pourquoi j'en suis arrivé à la conclusion que le premier des piments de la sexualité n'est pas la beauté ou la sensualité, mais la confiance, celle qui me vient du partenaire et celle que j'ai en moi-même.

Reste encore à surmonter les dangers liés aux plaisirs. « Tout ce que j'aime est immoral, illégal ou fait grossir », soupirait une adolescente américaine. La société reste répressive, mais plutôt que sur des principes moraux, difficiles à vendre, elle s'appuie sur des mises en garde scientifiques, souvent justifiées. La dérive la plus banale, mais qui pose toutes les questions de la régulation de nos plaisirs, est celle des excès alimentaires. Depuis le surpoids, obsession féminine, jusqu'à la mal-bouffe, qui tue avant l'âge, surtout les hommes, nous savons tous que même le plaisir gustatif, le plus simple et le plus quotidien de tous, ne peut être laissé la bride sur le cou.

J'ai lutté vingt ans contre mon poids en étudiant tous les régimes et en m'infligeant des disciplines contraignantes. Jusqu'au jour où, peut-être du fait d'un apaisement intérieur sur d'autres fronts, j'ai trouvé la satiété, ce rêve de tous les boulimiques. Mes efforts étaient soutenus par la conscience que mon plaisir de manger trop pouvait me rendre inaccessibles trois autres plaisirs essentiels : celui de me sentir à l'aise dans mon corps, celui de me plaire dans le miroir, celui enfin de rester en bonne santé.

J'en suis venu à me demander si le meilleur combat

contre les plaisirs qui tuent plus ou moins vite (tabac, alcool, drogues, véhicules à deux et quatre-roues, sexe non protégé et excès alimentaires) passait par la menace et l'interdit. Chacune de ces sources de jouissance, passé un certain seuil, peut nous rendre la vie difficile, jusqu'à la souffrance extrême et au mépris de soi. Ne vaut-il pas mieux se convaincre que ces plaisirs premiers, forts de nos instincts animaux, nous privent de bien des jouissances plus subtiles ? Une des voies vers la satiété est de sentir, un soir, que la cuiller supplémentaire de crème au chocolat atténuera un peu mon bien-être demain au réveil. Avec l'âge, on apprend à arbitrer entre plaisirs immédiats et différés.

Le plaisir n'est pas un jardin de roses, il a ses pathologies. Deux d'entre elles nous guettent, l'addiction et la perversion. L'addiction vient quand on ne peut plus se passer d'un plaisir. Et il n'y a pas que celle des substances. Certains de mes amis sont addictifs à la compagnie des autres, au point de ne pas pouvoir supporter l'idée d'une soirée solitaire. Quant à la perversion, elle nous pousse à ne trouver notre plaisir que d'une manière, souvent nocive pour autrui. Et il n'y a pas que dans la sexualité. Un chef sadique au travail est bien un pervers.

En supposant que l'on ait su éviter ou déminer les obstacles entre soi et le plaisir, qu'on se l'autorise, qu'on en fasse un usage modéré, sans dommage pour quiconque, il reste à accéder à ce qui constitue à mes yeux l'essentiel du rapport au plaisir : savoir en profiter pleinement.

Le verre d'un vin sublime, le partenaire désirable, le concert exceptionnel, le voyage tant convoité, ne sont que des supports de mon plaisir. Je risque de n'en goûter que le dixième de ce qu'ils peuvent m'apporter selon la manière dont je les accueille.

Chacun pressent qu'il serait sacrilège de faire cul sec avec une flûte de Dom Pérignon, ou qu'une mauvaise nouvelle professionnelle peut nous gâcher un tête-à-tête intime. Me rendre disponible au plaisir pour en tirer tout le contentement possible est devenu, pour moi, une clé de l'art de vivre. Amplifier le plaisir en l'anticipant, en m'y préparant mentalement, peut-être physiquement, en me concentrant sur son déroulement et mes sensations, en me le remémorant ensuite. J'ai enfin compris qu'il y avait moins de jouissance dans un plaisir d'exception dans lequel je ne saurais rentrer qu'à moitié, que dans la dégustation consciente et attentive d'une page de Proust ou d'un confit de canard.

Le plaisir, une esthétique, une discipline, une philosophie, un entraînement ? Oui, à l'évidence !

N'est-il pas encore plus gratifiant de savoir que le plaisir se gagne ?

19

Le courage

un produit d'usage courant

Je ne me trouve pas spécialement courageux, mais je ne peux pas me passer de courage. Il n'y a pas de quoi se vanter. J'ai appris que le courage est moins un équipement de survie, du type « en cas de besoin casser la glace », qu'un produit d'usage courant et quotidien. J'ai compris qu'il y a deux courages principaux, dont découlent tous les autres : celui de mourir et celui de se lever le matin. Devinez lequel sert le plus souvent !

Le courage de mourir, il n'est même pas sûr que je doive jamais le mettre à l'épreuve. Il peut m'arriver de disparaître par surprise, dans un grand fracas de tôles froissées ou dans mon sommeil. En revanche, il existe un courage « virtuel » de mourir, qui est celui de faire face, psychologiquement, à l'idée de ma mort. Pour mieux vivre chaque instant, ce dernier me sert presque plus souvent que mon coup de reins pour sortir du lit douillet en hiver.

D'ailleurs, je reconnais que je ne fais pas partie de ceux qui ont besoin de courage pour se lever tôt, car cela me convient plutôt. J'en ai déduit qu'il n'y a que deux situations de vie où je n'ai pas besoin de courage pour agir, la colère (mais par tempérament je n'y suis guère sujet) et le désir. Je me lève facilement le matin, car je désire ma journée qui commence. Déprimé, je n'arriverais pas à m'arracher aux draps, pour la raison exactement inverse.

Pourtant, même si je le déplore, je ne suis pas dans le désir tout le temps.

Il me faut donc du courage pour faire face à nos freins les plus ordinaires, la paresse et la peur.

Pour moi, le courage c'est faire, agir, vivre, « malgré » ces deux adversaires, si familiers que nous oublions presque leur présence permanente. Paresse de nous mettre à ce travail qui n'a que trop tardé, peur de dire à un interlocuteur exactement ce que nous pensons ou voulons. Nous vivons ces situations chaque jour.

Dans nos vies de pays en paix, mon courage d'usage n'est pas celui de mes aînés qui ont affronté, y compris face à la mitraille, les grands chaos du siècle précédent. Dans mon ordinaire, rien de guerrier ni de tellement physique, car je ne suis guère enclin aux bagarres de bistrots. Le seul courage corporel auquel peut me confronter mon existence policée d'Européen serait celui des tragédies ordinaires de la vie : l'accident, la maladie, la souffrance morale. C'est alors, souvent, que l'on mesure de quelles ressources on dispose vraiment.

Le courage à bas bruit, dont j'ai besoin pour bien vivre, se traduit en actes simples : dire qui je suis, faire ce qu'il faut, rester droit moralement et physiquement. Trois attitudes qui me permettent de rester fidèle à moi-même et de garder, ne serait-ce qu'à mes propres yeux, ma dignité.

Un courage sans grand mérite, puisqu'il m'aide à me

128

sentir à l'aise dans ma vie. Si, face à un problème ou un adversaire, j'accepte de m'amoindrir, je vais le payer cher, en regrets et en mésestime de moi.

Si j'affronte une situation, éventuellement difficile, c'est d'abord pour ne pas m'exposer à mes propres reproches. Le courage est nécessaire pour défendre sa cohésion intérieure et son sentiment d'exister. Il est si facile de les mettre en péril. Ne suffit-il pas, par exemple, de poursuivre une carrière sans perspectives, d'absorber des informations sans portée, de maintenir des relations sans flamme, d'échanger des propos insipides ou de regarder des spectacles sans talent ? Un risque permanent, si je n'ai pas le courage d'arrêter des activités nulles. Rien de grandiose dans ce courage-là, j'en ai tout simplement besoin, comme de l'air et de l'eau.

Je trouve d'ailleurs plus pratique de parler de courages, au pluriel, qui sont comme des clés nécessaires pour passer des portes bien connues.

• *Courage de dire « non » et de ne pas culpabiliser de le faire.* On m'a fait comprendre, au cours de mon éducation, que le non était discourtois, égoïste, bref mal reçu. J'ai appris depuis qu'il était aussi mon seul rempart contre les pièges des devoirs abusifs, des responsabilités mal comprises, des convenances creuses. Ce non, qui est un oui à moi-même, j'ai appris qu'il ne faisait pas le vide autour de moi pour autant. Il me sert chaque jour.

• *Courage d'endurer et de continuer.* À mes yeux le véritable héroïsme moderne. Aller jusqu'au bout de ce à quoi l'on s'est engagé, même une fois que l'on a réalisé que ce serait plus dur et plus douloureux que prévu.

Il faut beaucoup plus de courage pour s'occuper, jour après jour, d'un être cher, gravement handicapé, que pour risquer sa peau sur un champ de bataille.

Tenir, quoi qu'il advienne, est probablement le courage auquel nous sommes tous le moins bien entraînés, en cette époque de facilité et de satisfactions immédiates.

• *Courage de changer et de danser.* La vie actuelle implique des changements constants. L'unité de travail, de résidence, de couple que connaissaient nos grands-parents n'existe plus. Nos besoins de références et de racines deviennent plus difficiles à entretenir. Mais nous n'avons plus le choix. Il faut apprendre à danser d'une phase de vie à l'autre et à trouver dans ce mouvement une nouvelle confiance en nous.

• *Courage de décider et d'être libre.* Conséquence inévitable du changement, qui nous confronte constamment à des choix. Chaque fois que nous prenons une décision nous nous définissons en actes, nous accroissons notre responsabilité vis-à-vis des autres et de nous-mêmes. Ce n'est pas de tout repos et c'est même une de nos sources de stress récurrentes. Mais il n'y a pas d'alternative.

• *Courage de réfléchir et de se concentrer.* Si décider est inquiétant, réfléchir est fatigant. Il m'arrive de trouver mon cerveau encore plus paresseux que mon corps.

Ce doit être pourquoi notre concentration n'est qu'intermittente. Il y a des moments où réfléchir demande un courage quasi physique.

• *Courage de renoncer et de simplifier.* Homme d'aujourd'hui, je suis davantage confronté à la pléthore qu'à la pénurie. Trop de tâches, de tentations, de sollicitations risquent de me fragmenter dans l'hyperactivité. Le manque de respiration nous guette tous. Pour rester en bonne santé mentale et corporelle je dois périodiquement faire le ménage dans mes responsabilités, mes centres d'intérêt, voire mes relations.

Avoir le courage de renoncer, pour simplifier, fait aussi partie de notre apprentissage de la maturité, puisque avec le temps on est forcément amené à élaguer dans sa vie.

• *Courage de se tromper et de faire du mal.* Le doute est notre compagnon fidèle. Le plus souvent, quand nous croyons décider, nous ne faisons que parier. Il faut avancer quand même, au risque de perdre notre confiance en nous, en cas d'erreur ou d'échec. Le plus difficile c'est que nos décisions, de parent, de conjoint, de chef de quoi que ce soit ou de simple témoin, mettent les autres en cause. Faire du tort à un autre n'est pas toujours évitable. Il faut l'admettre et ce n'est pas forcément de la faiblesse.

• *Courage de s'engager et d'aimer.* La liberté c'est comme l'argent, à quoi sert de l'avoir si ce n'est pour s'en servir ? Pour préserver sa liberté, le héros de Sartre, dans *L'Âge de raison*, se refuse à toute forme de relations, d'engagements ou d'affiliations. Le prix à payer pour sa liberté absolue, c'est son vide absolu. Le courage de nous engager, dans un projet ou une relation, est producteur de vie.

Il faut en assumer les conséquences. Plus l'engagement est fort, plus douloureuse la rupture éventuelle. Mais une des sources de culpabilité les plus brûlantes ne vient-elle pas du sentiment, en fin de parcours, de ne pas avoir, par pusillanimité, joué toutes les cartes que la vie nous présentait ?

Il suffit de regarder autour de soi, on voit des courages partout. Nous en avons tous, du seul fait que nous faisons face à la vie et à la mort.

Seule la dose varie et j'ai appris à cultiver la mienne en réalisant que ma satisfaction à vivre tenait aussi à ma manière d'en affronter les inévitables difficultés. Je ne suis pas courageux par vertu mais dans mon intérêt bien compris, ne serait-ce que pour être content... de moi.

20

Le sacré

principes et cadeaux de la vie

Quand j'étais petit, le sacré naissait de la messe en latin, à la chapelle du collège. Le mystère planait autour de tout ce que savaient les adultes et que j'ignorais encore. Le magique me venait des magiciens, même s'ils n'étaient que des prestidigitateurs. À l'adolescence, j'ai cru qu'il n'y avait là que naïvetés, dues à mon ignorance, et que j'allais me débarrasser de ces enfantillages. De fait, j'ai perdu la foi, à moins que je ne l'aie jamais vraiment eue. Puis, petit à petit, j'ai réappris que ces trois notions transcendantes faisaient partie de mon expérience de vie la plus intime et que je ne pouvais ni ne voulais m'en passer. Pour moi, sacré, mystère et magique ne se confondent pas, même s'il leur arrive de se recouper.

J'avais instinctivement rejeté le sacré avec les rituels que la religion avait voulu m'imposer. Pourquoi mettre un genou à terre en passant devant une petite lumière rouge ? Comment se sentir rempli d'une présence spéciale après avoir avalé une hostie sur laquelle un officiant avait fait un signe de croix ? Ça ne marchait pas pour moi, j'ai cessé de faire semblant. Puis j'ai compris que le sacré n'avait pas besoin du religieux pour faire sa place en moi.

Plutôt que de me conformer à des préceptes extérieurs, j'ai reconstitué mon sacré à partir de mon expérience de vie. C'était à moi de trouver, puis de faire miennes, quelques règles repères de mon existence, que je ne remette plus en doute (en tout cas pas souvent). En disant : « Je vote aux élections, c'est sacré ! » je me soumets à un principe que j'ai choisi, pour me sentir citoyen de mon pays. Sacrées aussi les lignes jaunes que l'on accepte : tabou de l'inceste, honnêteté dans les transactions financières, respect de l'intégrité physique de l'autre. Sacrés encore les engagements que l'on respecte à l'égard de ceux qui comptent pour nous.

Chaque couple conclut, explicitement ou pas, ses pactes sur la vérité et la fidélité. Ils peuvent varier largement en tolérance et en contraintes, mais ils existent toujours. S'ils sont désacralisés le couple finit par se dissoudre.

Le plus proche du religieux dans le sacré quotidien n'est-il pas ce pour quoi l'on est prêt à sacrifier son temps, son confort, son image et même sa vie ?

Si un de nos enfants est en péril, nous prenons tous les risques, sans même avoir besoin de réfléchir, parce que c'est sacré. Si un de nos proches se trouve dans le besoin, affectif ou financier, nous ne comptons ni notre temps ni notre argent pour essayer de le soulager. Et c'est même à cela que nous réalisons que les vrais proches ne sont pas si nombreux.

Le sacré m'aide à vivre grâce aux frontières qu'il me trace, aux balises qu'il éclaire, à la confiance qu'il me donne, en moi et dans les autres. Mais est-il immuable pour autant ?

Mon respect de la vie, par exemple, est sacré, non négociable. Question classique : je suis contre la peine capitale, le serais-je aussi pour l'assassin de ma femme ? Oui, car si ce principe est sacré à mes yeux, il doit s'appliquer en toute circonstance. Pour autant, confronté à un agresseur qui menace de tuer celle que j'aime, n'aurais-je pas le réflexe de l'arrêter à tout prix et, s'il le faut, de le tuer ? Peut-être que si.

Le sacré absolu est donc rare et peut se trouver révisé, à l'usage de la vie.

Les couples se défont, les partenariats se dissolvent, le doute, nourri par l'expérience, menace les convictions les plus ancrées. Y a-t-il là matière à s'affliger, à se lamenter que même le sacré puisse être révisé et subir l'érosion du changement ? Cette question, que chacun finit par se poser un jour, ne me trouble pas. Il me suffit de constater, en faisant un bilan de mes quelques décennies d'activité et de relations avec les autres, que je n'ai pas fait trop de mal, et que certains semblent contents de m'avoir rencontré. Mais l'impermanence n'épargne aucune valeur, pas plus qu'elle n'épargne l'amour.

Je ne crois pas, comme Dostoïevski, que « si Dieu n'existe pas tout est permis », mais je crois qu'il est bon que tout s'examine et se soupèse, à la lumière de quelques idées simples sur le bien et le mal, d'où qu'elles nous viennent. Car la tentation de l'absolu, cette illusion, est la face dangereuse du sacré.

Le mystère, dans ma vie, entoure ce que je ne saurai jamais et qui, pourtant, joue un rôle clé dans mes désirs et mes choix.

Le mystère le plus quotidien n'est-il pas ce que pense

l'autre pendant l'échange que j'ai avec lui ? Quoi qu'il me dise et même si je le crois sincère, la réalité de ce qui lui passe par la tête me restera inaccessible. Pourtant, je me dois d'essayer de le deviner, pour agir, pour améliorer ma relation, pour éviter les erreurs les plus douloureuses.

Des mystères peuvent me fasciner, comme celui de l'origine de l'univers, car si nous savions quoi que ce soit à son sujet, nous aurions la réponse à nos interrogations métaphysiques. Mais je n'en saurai pas plus, du moins de mon vivant. C'est en quoi le mystère est différent de l'énigme, car, pour cette dernière, il est possible que je trouve la réponse.

Ainsi en est-il du jour de ma mort, qui n'est pas un mystère, mais une énigme : aujourd'hui je l'ignore absolument, mais je ne doute pas que je finirai par l'apprendre.

Dans la catégorie des mystères qui peuvent devenir des énigmes, les raisons de certains de nos désirs ou de nos comportements. Nous ne parvenons pas à donner des explications rationnelles à des pratiques ou tendances personnelles qui peuvent nous rendre la vie pénible. Néanmoins, depuis que Freud nous a révélé l'existence de notre inconscient, un espoir de déchiffrer ces énigmes-là demeure.

Quant au mystère des mystères, celui de l'existence de Dieu ou équivalent, j'ai cessé de m'en préoccuper, persuadé que, puisque jamais je ne pourrai « savoir », la vie est trop courte pour la passer en spéculations vaines.

Le magique, dans ma vie, est aussi un peu mystérieux, mais il agit sur moi différemment. J'appelle ainsi mes sources de satisfactions les plus fortes, les moins cérébrales, les plus fiables. La vue et le contact des animaux, les musiques qui me font du bien, tout ce qui me rapproche des sources de la féminité, ou encore certaines odeurs. Ces sources sont magiques car elles continuent à m'enchanter, sans que le plaisir s'affadisse, sans pour autant que je puisse analyser leur mécanisme. Je constate leurs effets et peux y revenir aussi souvent que j'en ai envie.

Les différences avec les plaisirs non magiques sont subtiles. Ainsi, j'aime vraiment le chocolat noir de bonne qualité. Le sentir fondre dans ma bouche me donne du plaisir, mais sans étonnement. Tandis que si je passe devant une boulangerie d'où s'échappe l'odeur du pain qui cuit, ma jouissance est un peu enivrante, même si je n'en goûte pas la moindre miette.

Ce qui est magique dans ces sources de plaisir, ce n'est pas leur explication. Je sais comment fonctionne mon odorat, je n'ignore pas que si je prends plaisir à la compagnie des femmes, ce n'est pas sans rapport avec mes sécrétions hormonales. Toutefois, cette connaissance ne me dit nullement pourquoi je ne m'en lasse pas ou pourquoi leur intensité reste intacte. Une des raisons pour lesquelles j'ai chez moi des animaux, c'est qu'il me suffit de les regarder vivre pour éprouver une bouffée de satisfaction. Pourquoi se priver de gratifications aussi simples ?

Nous avons tous nos zones magiques. Elles sont peut-être liées à des plaisirs ancrés dans l'enfance dont nous parvenons ainsi à retrouver le gai chemin.

Dans nos jeunes années, nous avons l'émerveillement facile. Puis, blasés par les années, ce dernier s'émousse d'autant plus que nous nous laissons convaincre que les adultes « raisonnables » n'ont plus accès à ces féeries. Or, je suis persuadé qu'elles font partie de ce que nous avons de plus précieux. Cette croyance m'aide à les conserver vivantes.

Le sacré fluctue intérieurement, le mystère nous domine, et le magique est un cadeau de la vie.

21

Le quotidien

au cœur de la banalité

J'ai déjà vécu plus de vingt-trois mille sept cents journées. Ce qui m'impressionne le plus, devant de tels chiffres, c'est que je me suis donc levé autant de matins et endormi autant de nuits que ça. Sans compter toutes les routines : se laver, s'entretenir, prendre des petits déjeuners identiques, choisir ses habits, faire les trajets jusqu'au travail, etc. Ajouter à tout cela, les femmes le savent bien, le choix de ce que l'on va manger, les courses qui en découlent, les lavages et entretiens de toute nature. La part du répétitif dans notre vie est impressionnante. Comment le supporte-t-on sans ennui ?

Quand je me réveille, je ne pense jamais « Je vais me laver les dents ». J'essaie plutôt d'anticiper les « événements » de la journée : rencontres, travaux, déplacements, contacts à prendre, bref ce qui est hors routine. Le reste, qui doit néanmoins avoir lieu, est géré en automatique. Tout au plus réfléchit-on à la manière de s'habiller, en fonction des activités prévues et du temps qu'il va faire.

Cependant, notre quotidien n'est pas seulement matériel, le plus prégnant est relationnel.

Le couple, la famille, c'est d'abord du quotidien : se retrouver aux repas et toutes les nuits, prévoir les week-ends et les activités des enfants, retenir pour les vacances et ne pas oublier les anniversaires et les cadeaux de Noël. Si l'on met tout ça bout à bout, que reste-t-il comme marge de novation, d'imprévu, de liberté ? Question à laquelle personne n'échappe, un jour ou l'autre.

Le quotidien c'est notre état naturel, personne ne s'en évade, sinon provisoirement. Même dans l'exceptionnel, il s'insinue vite. Ainsi les guerres : les jours de combats y sont rares, les rituels journaliers nécessaires, parce qu'il faut se nourrir et assurer la sécurité. Mais on se souvient des moments forts, ceux que l'on peut assimiler à une bouffée d'héroïsme personnel. Mon père me racontait ses tranchées à Verdun, des mois durant, où il avait bien fallu qu'il s'habitue aux canonnades ennemies. Les Poilus finissaient par pouvoir glisser quelques minutes de sommeil entre les explosions. Deux générations plus tard, les soixante-huitards sont, à leur tour, devenus des anciens combattants (mais eux, sans ministère). Les barricades, les manifs, les meetings, la rue Gay-Lussac, ils se les racontent occasionnellement en se « faisant une bouffe ». Même les provinciaux évoquent, au moins, les queues aux pompes à essence. Leurs enfants ne comprennent pas bien de quoi ils parlent.

Depuis, en France, il ne s'est plus passé grand-chose de fort et de collectif. Peut-être un peu le soir de l'élection de Mitterrand. Ceux qui l'ont vécu se souviennent des trente secondes où l'on a vu se dessiner son image sur les écrans de télévision. Hormis pour ceux qui se sont alors précipités à la Bastille, l'exceptionnel se vivait dans un registre passif. Les plus jeunes se souviendront, de la même manière, de la folle quinzaine entre le premier tour de 2002 où c'est la figure de Le Pen qui est apparue sur l'écran et le raz de marée anti-FN du second tour. Les étudiants y auront vécu un éphémère baptême politique.

Mais hors ces petits événements, nos vies actuelles se passent au quotidien, il faut bien s'y faire. Je ne suis pas de ceux qui s'en plaignent, car si je comptais sur des grands événements pour être stimulé, je risquerais de trouver ma vie aussi grise qu'un hiver au nord de la Loire. D'où la blague : « Si l'on dessinait la maison du bonheur, la plus grande pièce serait la salle d'attente. »

Comme je ne suis guère patient, puisque je me souviens que la vie est courte, je préfère chercher mon contentement au cœur de ce dont je suis sûr de ne jamais manquer : la banalité.

Par définition, le banal ne peut m'étonner, il peut néanmoins me faire plaisir si je me suis mis moi-même en état de l'apprécier pour ce qu'il est : répétitif, certes, mais pas illimité, parce que tout a une fin, et moi donc !

Notre rapport au quotidien est la meilleure occasion pratique de nous exercer à donner du sens à notre vie, en toute circonstance.

L'activité la plus routinière peut avoir au moins trois grandes raisons de nous contenter : elle nous fait du bien, elle fait du bien à ceux que nous aimons, elle a le mérite d'exister.

La majorité de nos quotidiennetés ont pour but de nous être bénéfiques : elles entretiennent notre corps ou la qualité de notre environnement (propreté, rangement, esthétique). Elles peuvent aussi stimuler notre créativité, comme la cuisine, qui est aussi une offrande aux autres. Souvent, par lassitude, nous effectuons ces tâches en ne considérant plus que leur côté nécessairement répétitif (c'est fou ce que nous mangeons fréquemment !) et en oubliant que nous en sommes les bénéficiaires directs.

Nos actes ordinaires trouvent aussi leur sens s'ils sont destinés à ceux que nous aimons : enfants, amours ou amis. S'activer à ce qui leur est utile ou agréable, même si c'est quelquefois un peu lourd ou fatigant pour nous, est conforme à la vie. Même lorsque nous avons l'impression de nous sacrifier, de nous priver d'un plaisir pour le bien des autres, nous pouvons y trouver une gratification supérieure : la pleine justification, au moins dans cet instant précis, de notre existence.

Mais on ne peut pas tout sublimer. De temps en temps, devant des nécessités pesantes qui tombent au mauvais moment et dont la raison d'être ne nous apparaît plus clairement, on peut être tenté de se plaindre. Et si ça peut faire du bien, pourquoi pas ? Il m'arrive quelquefois, dans ces cas-là, de me faire honte à moi-même : « Comment peux-tu récriminer ? alors que, contrairement à Max, tu es en bonne santé ; contrairement à Josiane, tu n'as pas récemment perdu un de tes proches ; contrairement à Lucien, tu t'entends bien avec ta femme ; contrairement à Victorine, tu as toujours ton job. »

Même dans la banalité la moins inspirante, que l'on aimerait bien éviter, le seul fait que je sois bien vivant me rappelle tous les bienfaits dont je suis gratifié.

Et ce n'est pas pour me conformer à un principe moral qui interdirait à quiconque n'est pas dans la plus atroce catastrophe de se plaindre. Me souvenir que ma vie est une chance, plutôt que de dénigrer l'instant, est simplement meilleur pour mon bien-être.

Il est bon de rappeler que je ne traite, ici, que de ce que le quotidien peut avoir de lassant, à l'exclusion de toute tragédie. La douleur de ces dernières ne s'atténue pas simplement en les remettant en perspective. Je ne prétends pas qu'on puisse toujours être content de ce qui arrive, ce serait stupide et contraire à l'évidence. J'explore seulement les situations où on peut l'être davantage que ce qui nous vient spontanément.

D'autant que le quotidien a plus d'avantages que d'inconvénients. Le fait même qu'il se répète nous sécurise. Une relation amoureuse au long cours ne peut, au bout de dix ans, briller des feux de la nouveauté, mais elle nous ancre dans un attachement solide et durable, dont nous avons plus besoin que de passion enivrante. Quand on perd un travail, une relation, ou qu'on arrive au bout d'une phase de vie, ce sont rarement les moments exceptionnels dont on a la nostalgie, mais les petites choses qui faisaient la trame de nos journées et sur lesquelles nous pouvions fonder nos satisfactions les plus sûres.

Ce qui nous fera dire, rétrospectivement, que nous avons alors été heureux est la somme des sources de gratifications justement les plus quotidiennes.

Si, pour se lever le matin, il fallait s'assurer que l'on va vivre aujourd'hui une grande joie, les rues seraient désertes à huit heures.

22

L'ego

un faux ami insistant

Vivre n'est pas si difficile, il suffit de ne pas être mort. Mais qui s'en satisferait ?

Sauf au sortir d'un accident où l'on a frôlé le pire : « Merveille, je suis vivant ! » Lorsque ça va vraiment mal, on se sent seulement survivre. À l'inverse, quand le contentement est là, on a l'impression d'exister plus fort.

Qu'est-ce qui, en nous, veut exister, et pas seulement vivre ou survivre ? Moi, aurait répondu Pierre Dac, humoriste de l'évidence. Et qu'est-ce qui dit moi ou je, qui peut se regarder intérieurement, qui a conscience d'être ? C'est le soi, que j'appelle familièrement moi.

Percevoir les limites de notre soi est assez facile. Les autres ne sont pas moi et vice versa, le monde extérieur à ma peau n'est pas non plus moi. Pour autant, le moi ne va pas de soi, puisqu'il n'est pas évident pour le nouveau-né, qui ne sait pas encore distinguer entre sa mère et lui-même. Plus tard, le moi peut s'abîmer, s'étioler, s'affaiblir, du fait des traumatismes de la vie, ou n'avoir jamais pris toute sa mesure, à la suite d'une enfance mal vécue. Les insatisfactions ou les troubles du moi, enfin identifiés depuis Freud, ont fait naître des légions de thérapies diverses.

Pourtant, selon certaines approches spirituelles ou philosophiques, comme le bouddhisme ou le matérialisme, l'existence même du soi est discutable. Il ne serait que la somme, l'agrégat, variable et éphémère, des perceptions produites et enregistrées par notre cerveau. Même si on s'en tient à cette définition qui dénie l'existence d'une âme ou d'un esprit autonome, il faut vivre avec. En pratique, il y a quelque chose en moi qui, au jour le jour, se sent bien ou mal et comme je préfère me sentir bien, j'ai intérêt à m'en occuper.

N'avons-nous pas tous un moi à géométrie variable ? Quand une journée active et serrée nous oblige à enchaîner une activité après l'autre, à réagir constamment à des questions ou des demandes, notre moi fait son boulot de centre de traitement et de décisions. Il glanera bien, en passant, quelques sensations et impressions, mais rarement suffisantes pour avoir le sentiment d'avoir fortement existé. À d'autres moments, en réaction à un événement marquant, positif ou négatif, ou grâce à une vraie disponibilité (insomnie, vacances, création...), notre moi peut s'épanouir et nous permettre d'en prendre conscience et d'en profiter pleinement.

Cet approfondissement du moi, ce dialogue intérieur, qu'il soit plaisant ou douloureux, me fait accéder à l'existence au plein sens du terme.

La capacité de rencontre apaisée avec soi-même est à l'origine de tout sentiment de « bien-être ».

Se sentir exister peut paraître la plus légitime et la plus modeste des ambitions. J'ai appris pourtant à me méfier de pousser celle-ci trop loin. L'aspiration à être soi ne dégénère-t-elle pas aisément en poussée d'ego ? L'ego, non pas au sens bouddhiste ou psychanalytique, mais au sens commun : une enflure du moi, un moi épris de lui-même.

Autant un moi en bonne forme est la base de mon assurance et de ma tranquillité, autant mon ego ne peut jamais être tout à fait rassuré. Sa demande insatiable peut ainsi entretenir en moi une frustration permanente.

L'ego se manifeste très tôt dans notre vie, dès que l'enfant que nous sommes alors veut s'affirmer et s'affermir, sans très bien encore savoir comment. En attendant de l'avoir appris, le plus simple lui paraît souvent d'empiéter sur le territoire des autres, de revendiquer, de se faire remarquer à défaut d'être remarquable.

Mon ego me porte à croire qu'exister c'est être vu et considéré par les autres, avant qu'une meilleure pratique du moi ne me fasse rechercher en priorité l'harmonie intérieure et l'acceptation de ce que je suis.

Que le moi veuille se manifester n'est pas toujours négatif, chacun a besoin d'explorer ses limites, de jauger le type de rapports qu'il peut établir avec les autres. Mais très vite, il en fait et en demande trop et tourne à l'ego. Parce qu'entre autres, il me fait aspirer aux signes extérieurs d'existence (rang, titres, récompenses, places, breloques et galons) l'ego va, tout au long de ma vie, me faire confondre le paraître et l'être.

Tout cela, nous le savons très bien et pouvons tous identifier les pièges qu'il nous tend. Nous n'en sommes pas moins condamnés à tomber dedans, plus ou moins fréquemment. Pour être totalement à l'abri de l'ego, il faudrait que nous n'ayons plus rien à attendre des autres et que nous soyons pleinement satisfaits de leur donner sans retour, en accord constant avec nous-mêmes. Bref, la sagesse ou la sainteté, selon les croyances auxquelles on se rattache.

Jumeaux terribles, mon moi et mon ego sont voués à une cohabitation confuse tout au long de ma vie. Soutenir l'un et contenir l'autre est à notre menu quotidien.

Reconnaître la différence entre eux n'est pas si ardu : devant une difficulté soudaine, par exemple, le moi me tranquillise (je sais qui je suis, même si ce qui se présente à moi n'est pas ce que j'avais anticipé) et l'ego me déstabilise (pourquoi me font-ils ça à moi ?).

Une fois de plus, le critère clé peut être : cela me fait-il du bien ou du mal ? et du moment que le sentiment de bien-être l'emporte, ne chicanons pas.

Connaître le succès à un examen consolidera mon moi en même temps que sera flatté mon ego, et c'est tout bénéfice. Beaucoup de choses admirables, en art ou en politique, de Napoléon à Salvador Dalí, ont été accomplies par des individus à l'ego démesuré. Les plus atroces aussi, sans même aller jusqu'à Hitler. Personne n'a la moindre chance de se faire élire président de la République, sans un ego hors norme, car il faut dans cette quête une détermination inlassable, qu'un simple moi en bonne santé fuirait à tout prix.

Je l'ai vécu de près en observant mon frère Jean-Jacques, persuadé d'être né pour accéder au sommet de l'État. Le fait qu'il n'y soit pas parvenu résulte plus d'un défaut de sens tactique que d'un manque d'énergie obsessionnelle. Pour ma part, j'ai compris que j'avais renoncé à la politique faute d'un ego suffisamment assoiffé. Or, il faut bien qu'il y ait des politiciens de haut niveau qui, en s'épanouissant dans le destin qu'ils se sont choisi, gèrent les affaires du pays.

À la différence des bouddhistes, je ne voue pas toute

forme d'ego aux gémonies. Pour les lamas et rinpoches, ce devenir restera la vie durant notre principal adversaire. Mais je ne vis pas dans un monastère et l'éradication des désirs n'est pas ma recherche prioritaire. Pour réaliser quelque projet que ce soit, il me semble qu'une pincée de défi à soi-même est requise : « J'y arriverai, ne serait-ce que pour me prouver que je le peux ! » L'amour-propre qui nous permet ainsi de nous dépasser, n'est-ce pas de l'ego bien placé ?

Du bon usage de l'ego, pour vivre le mieux possible ? À l'évidence commencer par en évacuer le maximum, puisque nos jeunes années commencent en surdose.

Le limage de notre ego sera le travail de toute une vie. Il nous en restera toujours assez pour les quelques occasions où il pourrait se révéler utile, afin de ne pas nous laisser ballotter par les imperfections du monde ou le manque de bienveillance de nos semblables.

Idéalement, ce ne sera alors qu'à dose minimale, comme le sel dans le pain : juste une cuiller à café.

Il est toutefois recommandé, une fois vieux, d'avoir appris à se réjouir de l'existence des autres, bien plus que de la sienne propre. C'est de la simple prudence, car avec le temps, nous perdons la puissance d'imposer notre ego alentour.

Malgré cela, nombreux sont ceux dont l'ego se renforce avec l'âge, au lieu de s'assagir, car ils ont fini par croire être ce que les autres leur disaient qu'ils sont.

Risque funeste : si l'on n'est pas parvenu à admettre à quel point on est sans importance, on risque d'ajouter l'amertume aux rhumatismes.

23

Les limites

ruser plutôt que s'affliger

Dilemme : comment concilier la modestie (simple réalisme sur nous-mêmes) et l'estime de soi (nécessaire à notre tranquillité intérieure) ? Me déprécier me rend inutilement mal à l'aise. Me croire important est voué à quelques cinglants démentis de la vie. On conçoit que la solution soit dans un équilibre particulièrement délicat à trouver comme à conserver. Pour me sentir bien, il faut pourtant que je m'accepte tel que je suis, quitte ensuite à tenter quelques retouches, du moins celles qui sont à ma portée.

Accepter, j'en ai déjà fait un principe actif (voir p. 109), mais « comme je suis », nécessite au moins que je connaisse de plus en plus précisément mes limites ; lesquelles sont plus nombreuses que mes potentiels.

Les limites de mon corps paraissent les plus faciles à percevoir. Elles découlent de mon sexe, ma taille, mon aspect, mon âge ainsi que du soin que j'en prends, ou pas.

Il nous arrive à tous, néanmoins, de ne pas en tenir compte et de nous retrouver à bout de souffle et de forces. Si nos limites physiques nous jouent des tours, c'est moins par ignorance que par refus de les admettre.

Mes limites mentales, émotionnelles ou caractérielles ont été plus difficiles à répertorier et je sens que l'inventaire est toujours en cours. Le cérébral, j'ai, comme tout le monde, commencé à m'en faire une idée à l'école où je peinais davantage en maths que dans le maniement des mots. J'en ai conclu très tôt qu'il valait mieux ne pas faire de Polytechnique mon objectif central. Heureusement, le bien-être ne dépend que rarement de notre familiarité avec les chiffres. En revanche, il est étroitement lié à la qualité de nos relations aux autres, qu'elles soient professionnelles, amoureuses, familiales ou de simples rencontres quotidiennes. Ce qui explique la vogue récente de la notion d'intelligence émotionnelle, tout aussi nécessaire au travail en équipe qu'à la stabilité de nos couples.

À part, et encore, pour un artiste solitaire, nos succès de vie sont toujours liés à la qualité de nos relations. Cela, on ne nous l'enseigne pas à l'école. Je l'ai réalisé à la longue voire à la dure, au gré des aléas de mes aventures et de mes projets.

D'un côté, ce désir, universel, d'« avoir du succès », qu'il soit social, amoureux ou financier ; de l'autre, la prise en compte de ce que nous pouvons ambitionner sans trop nous illusionner. Ce qui rend notre adolescence tumultueuse, c'est que nous attendons beaucoup de cette vie que nous découvrons, en particulier dans les relations affectives, alors que nous n'en connaissons pas encore le mode d'emploi. Les déconvenues, rejets ou ratages, nous tombent dessus par surprise. Ils ne nous servent pas toujours de leçon.

Ce sont les autres, par leurs propres performances,

esthétiques, sportives ou cérébrales, qui deviennent nos références inévitables. *Ceux qui font mieux que nous dans un domaine quelconque nous intéressent plus que ceux dont les résultats sont inférieurs aux nôtres. D'où cette impression fatigante d'être en permanence en compétition.*

Heureusement, on ne perd pas à tous les coups. Celui qui occupe un poste plus intéressant que le mien n'a pas forcément un aussi bon équilibre familial que moi. Lorsque quelqu'un nous impressionne par son aisance dans un domaine où nous ne nous sentons pas à niveau, autant le reconnaître, tout en considérant d'autres facettes de sa vie, où, peut-être, nous nous en tirons mieux que lui. Un bon moyen de garder le moral tout en rendant hommage à ceux qui le méritent.

J'ai toujours été entouré de gens que j'estimais meilleurs que moi à bien des égards, mais je n'ai pas connu quelqu'un dont je me sois dit qu'il me surclassait en tout. Sinon, autant se flinguer (ou flinguer les autres, comme nous l'avons vu en 2002 avec la tuerie de Nanterre par Richard Durn, un homme qui disait ne s'aimer en rien).

Mes limites, je les éprouve aussi tout seul, hors de toute comparaison à d'autres, du simple fait que j'ai des envies, des fantasmes, ou des exigences. Comme tout le monde je suis enclin à faire des rêves, qui sont plus nombreux et plus ambitieux que mes aptitudes à les réaliser. Mais alors, comment éviter de passer sa vie à se décevoir ?

Pour rester contents, malgré nos limites, deux pistes naturelles : le progrès des performances et la réduction des désirs.

Pour me satisfaire de moi, il ne m'est pas indispensable d'être excellent. Heureusement ! Quels que soient ma base ou mon niveau de départ, le simple sentiment de progresser peut me rassurer. Mais ça ne marche pas toujours. C'est pourquoi j'ai abandonné le piano.

Donc, avec le temps, la méthode la plus fiable serait plutôt d'en rabattre sur ses prétentions et ses espoirs. D'abord parce que, à la longue, finissant par un peu mieux nous connaître, nous avons moins d'illusions sur ce que nous pouvons espérer réaliser ou obtenir. Mais aussi du fait de l'érosion de certaines de nos capacités (plutôt physiques que cérébrales). On évite de s'en attrister si l'on apprend que d'autres sources de satisfactions peuvent se substituer à celles qui s'en vont. Un grand sportif deviendra ainsi entraîneur plutôt que de vivre dans la nostalgie de ses records. Retraités, nous pourrons à notre tour aider de plus jeunes à aborder des chemins que nous avons déjà explorés.

Pour choisir autant que possible sa vie, bien connaître ses limites est peut-être encore plus important que cultiver son potentiel. J'ai évoqué à quel point mon peu de mémoire m'avait poussé vers des métiers de création plus que de connaissance ; combien aussi, faute de camper dans mon passé, je m'étais porté vers l'avenir. Je note aussi que mes aptitudes sportives limitées m'ont sans doute amené à vouloir les compenser par un entretien physique systématique. Si j'avais été classé au tennis, j'aurais probablement estimé que ça suffisait à mon corps, lequel serait peut-être aujourd'hui en moins bon état de marche.

Ma faible capacité de concentration a fait de moi un homme actif, guidé par ses intuitions, plutôt qu'un stratège combinant d'avance des hypothèses. Mon manque de talents artistiques, combiné à une soif d'esthétique, m'a probablement fait rechercher la compagnie de femmes qui pouvaient m'apporter un peu de ce que je recherchais dans ces domaines.

Je suis arrivé enfin à la conclusion que ma mauvaise résistance au stress, psychique comme physique, a joué un rôle clé dans mon choix de préférer être petit patron que grand commis.

Deux des sources majeures de stress proviennent de tâches trop nombreuses pour le temps imparti et de l'exercice de responsabilités plus importantes que le pouvoir dont on dispose.

On a bien plus de chances de rencontrer de telles situations en occupant des positions subalternes, même de très haut niveau, que si l'on s'acharne à rester maître de son temps et de ses actes.

Jacques Attali, qui occupait à l'Élysée un bureau envié, jouxtant celui de Mitterrand, me disait que le plus dur à vivre c'était que son temps ne lui appartenait plus puisqu'il devait être à la disposition de son président. J'ai sans doute choisi d'être (petit) chef, moins par goût du pouvoir (et je crois être sincère) que par besoin quasi vital d'indépendance dans mes choix. Ce qui ne veut pas dire que les patrons ne connaissent pas le stress (j'en ai affronté de costauds). Mais dès lors qu'il résulte de choix assumés et non pas imposés par d'autres, on le supporte mieux.

J'ai fait comme j'ai pu, avec mes limites, en améliorant une minorité d'entre elles et en rusant avec les autres. J'ai aussi essayé de me fixer comme règle, pour ne pas me noircir la vie, de me moquer de mes manques plutôt que de m'en affliger. Plus doué, j'aurais pu faire plus ou aller plus loin, mais ce n'était pas une garantie pour vivre plus content.

24

L'amour

multiple, voire en vrac

Tôt ou tard nous sommes tous victimes du plus célèbre des anarchistes tchèques (vous savez, l'enfant de Bohême qui n'a jamais connu de loi). Et nous n'attendons que ça. Dès que j'ai découvert l'amour, encore enfant (j'avais dix ans et elle s'appelait Chantal ; voici un demi-siècle que nous ne nous sommes pas parlé), j'ai cru, comme les autres, que c'était une aventure romantique. Depuis, j'ai compris qu'il s'agit d'un produit de première nécessité, comme l'air et l'eau, mais moins abondant. N'entend-on pas constamment, à la barre des assises, invoquer l'excuse suprême des dépravations, ou des plus grands crimes : « Il a manqué d'amour » ? Comme on explique un déficit cérébral par un manque d'oxygène à la naissance.

L'amour ça ne peut même pas attendre l'adolescence, il nous en faut très tôt et toute la vie.

C'est la plus puissante de nos sources de contentement mais pas la plus fiable. Les dysfonctionnements et les ruptures d'approvisionnement atteignent, nous l'ap-

prenons vite à nos dépens, des taux à mettre en faillite toutes les compagnies d'assurances.

Même les modèles les plus robustes peuvent, un jour ou l'autre, révéler une malfaçon. Celui de mon premier mariage ayant duré plus de vingt ans, j'étais au bord de donner des leçons aux autres (« C'est plus simple qu'on ne croit, il suffit d'y faire attention tous les jours... ») et puis patatras ! Depuis, je fais comme je peux et c'est pourquoi, ici, j'éviterai les conseils et me bornerai à quelques constatations.

Amour : un substantif au-delà du mot-valise qui relèverait plutôt de la malle-cabine. On y met tout et n'importe quoi à commencer par l'amour sexué (quels que soient les sexes), mais aussi l'amour des siens, l'amour du prochain et même des autres êtres vivants.

Victor Hugo a même avancé dans un poème des *Contemplations* que l'araignée réclamait de l'amour. Mais il est plus connu comme poète que comme entomologiste.

L'amour, l'amour, l'amour... tout le monde le cherche, le réclame ou l'espère, l'exige ou le mendie. C'est, à tout instant, la composante première d'une vie heureuse, dans la catégorie nécessaire mais pas suffisante. En effet, chaque fois qu'on croit que sa présence suffira à nous apporter le bonheur, on risque les mêmes ennuis qu'avec un piquet de tente mal planté, un soir de tempête.

Car il n'est pas exact que l'amour soit plus fort que la mort, ni même qu'il résiste victorieusement à l'accumulation trop durable des petits ennuis quotidiens.

La grande nouveauté contemporaine est la reconnaissance quasi universelle, guère romantique, qu'un amour peut en remplacer un autre.

Le mythe romantique, unique, idéal existe encore

dans quelques têtes, mais est de plus en plus considéré comme une névrose soignable.

Le seul moyen de n'être pas trop souvent déçu par l'amour est de renoncer à le parer d'absolu. Le rêve en prend un coup, mais le vécu s'améliore. Je croyais que l'amour était comme un trésor qu'on trouve, un fruit qu'on cueille, un gros lot qu'on gagne, bref un objet, presque une entité. J'avais oublié l'évidence : c'est un sentiment. Non pas donc quelque chose ou quelqu'un, mais un regard, une énergie, un plaisir, oui un ressenti, avec, selon Spinoza, une « cause extérieure ».

Cette cause n'est pas forcément un être idéalisé du sexe qui m'attire. Mes proches, mes amis, mes familiers, pourquoi pas une rencontre inopinée, peuvent m'en procurer une certaine dose, dans l'instant ou plus longtemps. Ce qui m'importe alors c'est ce sentiment et de ne pas être trop éloigné de sa « cause extérieure ».

Il est vrai que celle que les Américains appellent, par litote, mon « autre d'importance » a vocation à m'inspirer un flux plus puissant de ce sentiment que ma cousine d'Angoulême, mais en amour il ne faut négliger aucune source.

Je vis des instants d'amour intenses comme la joie, mais je n'en néglige pas de plus diffus et ambiants, qui peuvent advenir, par exemple, dans une réunion de travail qui roule, au milieu de collègues aimables. Mais alors, quelle est la différence entre l'amour et la sympathie ? Je la crois de degré (et vive la différence !), pas forcément de nature.

Être bien du fait de la présence d'un autre, un peu ou beaucoup, nous le recherchons tous, instinctivement. Quelques mots échangés avec un inconnu avenant dans une queue au cinéma peuvent nous apporter une pincée de la drogue douce universelle. Au risque de choquer, je me suis convaincu que l'amour comme dans les romans (le modèle le plus populaire et le plus fragile) n'était pas d'une essence différente de l'amour du prochain. Qu'il puisse conduire, chacun l'espère, à des rapprochements délicieux d'épidermes ne le change pas de catégorie, mais le fait bénéficier d'une source naturelle et abondante de plaisir reconnaissant. Ce qui explique pourquoi il continue à faire prime sur le marché du contentement.

Oui aux amours partielles, temporaires, légères, occasionnelles et renouvelables, car en les acceptant pour ce qu'elles sont, j'accrois ma sécurité affective. Ce qui ne m'empêche nullement de survaloriser le fameux amour principal à deux, parce que, comme vous, je suis programmé pour ça.

Il semble que ce ne soit pas l'amour qui manque, mais notre capacité à le reconnaître un peu partout, autour de nous.

Certes, beaucoup d'amours sont mal orientées, mal rétribuées, mal exprimées et souvent même mal ressenties. J'ai appris à m'y rendre plus sensible. L'injonction évangélique d'aimer son prochain comme soi-même m'avait longtemps laissé perplexe. Elle me paraissait au hit parade des bonnes intentions injouables. Mais en affinant mon compteur Geiger sentimental, je me suis aperçu que j'en émettais et recevais plus que je ne l'avais cru.

Il y a des années, j'entretenais une liaison agréable, mais occasionnelle, avec une femme. Un jour, au détour de la conversation, elle me parle de « notre amour », provoquant chez moi une quasi-stupéfaction intérieure. Car, pour moi, cette relation n'entrait pas dans cette « grande catégorie », pour elle, manifestement oui. Cet incident m'a aidé à reconnaître mon erreur. Bien sûr qu'il circulait de l'amour entre nous, sinon pourquoi serais-je revenu régulièrement vers elle ? Je ne me l'étais pas autorisé car je ne voulais pas porter ombrage, dans ma tête, à mes amours centrales. Mais c'était une fausse appréciation de la réalité amoureuse. Elle est multiforme et pas nécessairement concurrente.

Comment vivre l'amour de nos jours ? Plus personne, passé douze ans, ne croit qu'il rime avec toujours. Les nouveaux rapports hommes-femmes, sur un pied d'égalité, ont rendu obsolète le modèle traditionnel qui permettait à l'homme de se croire important. La valorisation de l'épanouissement de soi semble souvent contradictoire avec les partages et les sacrifices qu'implique un vrai couple.

Du grand amour nous avons glissé aux amours les moins éphémères et les moins décevantes possible. Et ceux qui ne l'ont pas encore compris mettent leur plaisir de vivre à rude épreuve.

Je n'ai évidemment pas de réponse à cette immense et obsédante question, mais suis convaincu qu'il n'y aura pas de retour en arrière : l'amour fusion a du plomb dans l'aile, et c'est probablement mieux ainsi, car plus conforme au réel.

Là encore, nous devons apprendre à nous contenter de moins et à apprécier l'instant. Et comme l'amour nous vient désormais par séquences plus fractionnées, ceux qui savent se rendre à la fois aimables et moins intransigeants auront une meilleure chance d'en retrouver, quand, forcément, il viendra à leur manquer.

Ce qui va dans un sens plus civilisateur des rapports humains. Car faire l'amour, et pas seulement avec nos corps, nous rend meilleurs. Ne faut-il pas, pour cela, nous manifester à notre mieux à l'intention d'un autre ?

25

La sagesse

une approche plutôt qu'un brevet

Je me suis, forcément, demandé si le fait de commencer à rôder autour de la sagesse n'était pas un signe précurseur de sénilité. Ne parle-t-on pas volontiers d'un vieux sage, comme on dit un jeune con ? Je n'ai pas encore entendu quelqu'un afficher le désir d'être un jeune sage.

Mais je m'égare, car je ne suis évidemment pas un sage. Et si je prétendais l'être, ne serait-ce pas la meilleure preuve que je ne le suis pas ? Toutefois, aboutir à la sagesse au dernier chapitre de ce livre n'est pas fortuit. En essayant de me figurer un modèle qui rassemblerait ces tentatives de contentement, je n'en ai pas trouvé de plus adéquat que le sage, avec ou sans barbe.

Des modèles, nous en avons toujours dans la tête et quelquefois plusieurs à la fois. À dix ans je me voyais plutôt Zorro ou d'Artagnan, à l'adolescence James Dean, puis j'ai fantasmé sur les bêtes à concours de mon entourage, ainsi que sur Killy parce que j'aimais le ski. Adulte, du fait de mon métier, les grands créateurs de presse, comme Henry Luce, le fondateur de

Time, ou un prince des mots comme Cioran, m'ont un peu donné à rêver. Et dans ma vie intime, plutôt Casanova l'attentif, que Don Juan le cynique.

Jamais de milliardaires, jamais de guerriers, jamais de saints.

Oui, le sage ne doit pas être confondu avec le héros et le saint qui, eux, fréquentent les extrêmes, par folie ou par soif de puissance, au moins sur eux-mêmes. Quand on lit la vie des grands mystiques avec un regard un peu psy, on est frappé des symptômes névrotiques qui s'en dégagent. Tandis que le sage, c'est monsieur ou madame tout le monde, mais qui serait content de l'être.

Si un sage a rarement son mausolée ou sa basilique, c'est qu'il est plus remarquable par ce qu'il évite de faire que par ce qu'il accomplit.

Ne vaudrait-il pas mieux être un grand philosophe ou un profond psychologue ? Ne vaut-il pas mieux faire avancer la pensée de l'humanité ou approfondir sa nature ? Ce n'est pas moi qui contesterais l'importance, heureusement croissante, de la philosophie et de la psychologie comme facteurs civilisateurs de notre monde déboussolé. Il me semble même que la diffusion des connaissances dont elles sont porteuses est un bon indicateur du degré d'avancement d'une contrée.

Mais je préfère la philosophie aux philosophes (qui ont du mal à vivre en conformité avec leurs idées) et la psychologie aux psychologues (dont beaucoup ne sont pas guéris de leurs névroses). Ces deux « sciences » peuvent nous approcher de la sagesse, elles n'en font pas office.

La sagesse, prisée par l'Antiquité, est une redécouverte récente. Je n'en avais guère entendu parler jusqu'à l'âge de quarante ans, tant elle passait pour mièvre et sans glamour. On mentionnait seulement la sagesse des nations comme synonyme de l'élémentaire bon sens. Il était plus noble de réfléchir, plus important d'agir, que d'être. « L'existence précède l'essence », nous avait lancé Sartre. Donc nous sommes, c'est une affaire entendue. Mais comment fait-on pour être ? À poser la question on passait pour l'idiot du village : « Je pense donc je suis », point barre ! Il y a encore aujourd'hui des philosophes français pour qui l'idéal de sagesse consiste à vivre sous l'empire de la raison. La raison : comme Voltaire ou comme Robespierre ? L'homme de Ferney était sans doute plus sage que le guillotineur en chef, mais n'aurait pas songé à mettre ce titre sur sa carte de visite.

La sagesse nous est revenue portée par les vents d'Orient, mais si elle commence à prendre racine ici, c'est du fait des conséquences de notre modernité. L'avenir et le progrès n'ont plus les mêmes séductions depuis qu'on a pu en mesurer les retombées négatives, du stress à la pollution, en passant par l'abrutissement médiatique. Nous sommes donc renvoyés au présent, invités à profiter de ce qui est, dans l'incertitude de ce qui peut advenir.

Or l'adhésion à l'instant, le ici et maintenant, campe déjà sur le territoire de la sagesse.

Cette même désillusion sur nos capacités à dompter la nature ou à pacifier les peuples nous ramène à des ambitions plus modestes, plus réalistes, sans être pour autant faciles : nous maîtriser en priorité nous-mêmes. Le travail sur soi n'est-il pas l'ouvrage inlassable du sage ?

Enfin les crises économiques successives, les régressions occasionnelles de notre bien-être, incitent les plus conscients d'entre nous à substituer aux objectifs de réussite matérielle la simple jouissance de ce dont ils disposent. Et que peut nous enseigner de plus précieux la sagesse, sinon d'apprécier ce qui est ?

Cette sagesse des modernes que nous sommes, née de nos désillusions, ne serait qu'une sorte de prix de consolation (rien de galvanisant) si on ne lui trouvait pas d'autres raisons de nous attirer. Il m'aura fallu du temps, donc de l'âge, pour ressentir sa vertu existentielle. Jeune, curieux de la multiplicité ébouriffante du monde, je me suis dispersé en activités, centres d'intérêt, relations, voyages et curiosités. Je ne regrette nullement les plaisirs ainsi éprouvés et les expériences accumulées. Peu à peu pourtant m'est venue la conviction qu'il ne suffisait pas d'empiler les sensations et les découvertes, même positives, pour être sûr d'avoir vécu sa vie. L'aspiration d'un retour vers l'unité originelle (celle du bain amniotique ?) a fait son chemin en moi. Elle se manifestait par d'autres envies : simplification, cohérence, apaisement des passions, liens plus sensibles avec les autres et le monde, disponibilité à ce qu'il me restait à traverser (et qui ne sera pas forcément la partie la plus suave de mon passage terrestre).

On peut appeler cela une spiritualité laïque, ou une recherche de sagesse, chacun à cet égard est libre de choisir les mots qui, pour lui, font sens. Mais le mouvement de l'être qui s'ébranle ainsi me semble venir à propos, comme dirait Montaigne. Ne vise-t-il pas à réunir diverses facettes de mon fameux moi pendant qu'il est encore temps, pour que je puisse mieux accepter ce que je suis ?

C'est bien pourquoi, en matière de sagesse, il me semble difficile de hâter le temps.

Elle se distille dans l'alambic, au fil des jours et des années, avec ses hésitations et ses retours en arrière. Elle est peut-être la dernière couche de notre personnalité qui, si tout s'est à peu près bien passé, apaise et donne un sens. Elle serait le produit fini d'une vie accomplie.

Reste l'inévitable question : la sagesse nous est-elle accessible ? Est-il réaliste de croire y accéder un jour, ou faut-il se résigner à ce qu'elle ne soit l'apanage que d'individus d'exception, une poignée par siècle ? Il importe de ne pas désespérer davantage les êtres si ordinaires que nous sommes. Aussi, plutôt que de la considérer comme un brevet ou un état que l'on pourrait atteindre pour de bon, je préfère la considérer comme une approche et un regard apaisé sur les questions que nous pose le fait de vivre.

À l'instar de l'intelligence, personne n'est totalement sage ni entièrement dépourvu de sagesse.

Nous en tenons chacun un petit morceau que nous pouvons faire fructifier, au prix de notre constance. S'il nous est loisible d'espérer devenir juste un peu plus sage, que demander de plus ?

À propos, c'est quoi la sagesse ? Elle connaît mille définitions, mais la dernière qui m'ait plu vient de Roger-Pol Droit (et pourrait aussi s'appliquer à la dignité) : « Endurer le néant sans en faire toute une histoire. »

Conclusion

vitalité contre négativité

Au bout de ce livre, mais pas encore, je l'espère, de mon apprentissage de la vie, j'examine ce qui reste de bien visible autour de moi, après un bon ménage et quelques rangements. Deux critères simples demeurent, pour m'assurer, autant que faire se peut, un contentement accessible : le degré de réalité et le degré de vitalité de tout ce qui peut se présenter à moi.

En commençant à écrire j'avais éprouvé le besoin d'évoquer d'emblée le réel, cette évidence dont on ne tient jamais assez compte. Je continue à polir inlassablement ma relation avec lui et d'une double manière : en essayant de mieux le connaître et en m'évertuant à mieux l'accepter. De quoi s'occuper sans temps morts.

Le réel est inépuisable et débordant, bien au-delà de ma capacité à le saisir et à le traiter. Pour maintenir avec lui un rapport à ma portée, si restreinte, je dois trier, choisir et éliminer, pour ne garder que ce qui me sera essentiel. Chacun de nous, consciemment ou non, ne fait que ça toute la journée. « À quoi dire oui ou non ? » fait partie des questions les plus insistantes de l'existence. Avant d'y répondre, j'ai appris à me demander ce qui m'apportera le plus de vitalité.

On me propose une soirée, en compagnie. Je n'aime pas me coucher tard, donc j'y regarde à deux fois, car moins d'heures de sommeil c'est une once de vitalité en moins au réveil, le lendemain. En même temps, rencontrer d'autres semblables peut mériter cet effort, puisqu'ils sont plus vivants qu'un programme de télévision ou un livre. Certes, mais encore faut-il qu'ils soient, à mes yeux, intéressants, car dîner avec des personnes mal choisies, c'est l'ennui assuré. Donc, avant de dire oui ou non, je dois penser à plusieurs critères qui mettent en œuvre cette recherche instinctive du vivant, dans chaque acte et à chaque moment de mon quotidien.

Est vivant ce qui me touche, qui peut m'énergiser, me nourrir, me faire réagir, mobiliser certaines de mes facultés, bref contribuer à ce sentiment d'exister qui est notre principale source de contentement, même dans des moments difficiles.

Cette vitalité, dont heureusement les sources sont innombrables (certains de nous en sont mieux dotés que d'autres, et c'est la richesse décisive pour un parcours de vie réussie), je la jardine avec prédilection.

À la limite, elle se confond avec le respect du réel, car est vivant ce qui est le plus réel « pour moi ». Le réel, c'est le tout du monde dont je fais partie. Ce qui en sera entré dans mon champ de perception aura constitué mon vécu, aura alimenté mes pensées, deviendra ma réalité singulière.

Une partie de ce que j'ai à vivre s'impose à moi, au risque de me faire souffrir. C'est celle que je préférerais éviter et une part de mon instinct de vie s'emploie à m'y soustraire. Mais on ne gagne pas à tous les coups.

J'en viens à considérer chaque journée comme un match dont je peux, le soir, établir le score, entre ce que j'ai enduré de désagréable, ce dont j'ai profité de plaisant, et ce que je suis parvenu à éviter de l'un et favoriser de l'autre. C'est ce qui rend palpitant pour moi le jeu de la vie.

À quoi reconnaître, selon mes repères, le vivant ? À une sensation, plus ou moins intense, mais qui passe par le corps. Même une satisfaction de l'esprit, comme le fait d'avoir, devant mon clavier d'ordinateur, trouvé trois mots qui vont bien ensemble, je l'éprouve intérieurement comme une bulle de plaisir dans la tête. Le vivant, qu'il soit douloureux ou réjouissant, est toujours physique.

L'inverse du vivant n'est pas la mort, qui n'arrive qu'une fois et ne laisse pas de souvenir, mais le mortifère, que l'on peut croiser constamment.

Il peut prendre de nombreuses formes, dont la plus ordinaire est l'ennui, cet affadissement momentané des couleurs de la vie. Lutter contre l'ennui n'est pas si difficile. On peut l'esquiver à l'avance en sachant dire non à temps. Pris au piège, un peu de courage permet de s'en dégager. Coincé, on peut parvenir à s'en abstraire, en s'entraînant au dialogue intérieur.

Mortifère, aussi, le culte si répandu des objets, qui commence en cour de récréation, pour posséder autant de billes que les copains, et peut se développer ultérieurement en passion de collectionneur, qui place une partie de sa recherche de sens dans l'accumulation matérielle. Ce peut être aussi bien des étagères de tabatières qui prennent la poussière, qu'une maison dont on ne profite pas, faute de temps.

Mais le plus mortifère est la négativité, dont le potentiel existe en chacun d'entre nous. La négativité, c'est tout ce qui, dans notre tête ou dans l'attitude des autres, bloque, restreint, attriste, attaque, réduit, minore, étrique. Ce sont les verres à moitié vides de nos journées, qui résultent d'une manière chagrine de considérer ce qui nous arrive. On ne peut pas toujours changer les faits, souvent têtus, mais on peut au moins teinter notre propre regard sur eux. La négativité qui vient des autres, il peut être vivant de la combattre ou de s'y soustraire. Celle qui vient de nous peut s'atténuer, voire se soigner. C'est du moins le pari optimiste que je me dois de faire pour avoir envie d'entamer chacune de mes journées.

En termes d'action, la vitalité est un critère de choix permanent pour enrichir ou optimiser mon plus précieux (et plus fugace) patrimoine, mon temps. Une heure vide de sens est un gâchis irrémédiable. Mais une heure vitale est toujours un cadeau que je peux faire à l'autre et/ou à moi-même. L'envie de vivant façonne mon usage du temps et crée mon style de vie. Le fait que je préfère une bonne conversation à une lecture, la visite d'un zoo à celle d'un musée (courageux, hein, de l'écrire !), m'est tout personnel. D'autres, à l'inverse, trouveront leur vitalité en fonction de la manière dont leurs satisfactions sont programmées intérieurement. Je ne peux juger leurs choix, pas plus qu'eux les miens. L'important est d'apprendre, inlassablement, à trouver son contentement.

Je ne dédaigne évidemment pas le jeu des idées et prends plaisir à écrire ce livre. Mais je le considère moins comme une œuvre littéraire (la lucidité épargne la désillusion) que comme un missile pacifique pointé vers ceux qui vont le lire. Nombre de rencontres agréables me sont, en effet, venues de lecteurs qui s'étaient un peu retrouvés dans mes pages.

J'aime lire les philosophes, mais, comme je ne peux les pratiquer tous, je préfère ceux qui m'aident à mieux vivre.

C'est dire que j'ai davantage fréquenté Montaigne que Sartre.

Comme pour tout, il y a des degrés dans l'intensité de la vitalité que je recherche.

Je place sur la plus haute marche les relations aux autres, même quand elles ne sont pas idylliques. Sans ces échanges je demeure incomplet. Et même lorsque je suis seul j'ai souvent le sentiment de rester dans un mode relationnel, entre celui qui dit « je » et celui auquel il s'adresse, qui est encore moi. Le moi d'il y a un quart d'heure ou celui de tout à l'heure, ou encore celui que je vois dans le miroir. Une partie de mon flux de vie se capte dans cet incessant dialogue silencieux.

Au moment où j'écris ces dernières lignes, j'ai quelques raisons de sourire. La moins intense est peut-être d'arriver à la fin de l'exercice, car la satisfaction du projet accompli est déjà tempérée par la nostalgie anticipée de ne plus pouvoir continuer à le polir. Mais il fait beau, après quatre jours de pluie, et je vais marcher dehors. C'est l'heure du thé et je vais croquer un sablé maison. J'ai eu l'idée d'un sujet d'entretien original pour le prochain numéro de mon magazine. Je vais téléphoner, tout à l'heure, à l'une de mes filles qui vit au loin.

Pour demain nous verrons, pour l'an prochain je ne sais pas, mais là, tout de suite, je suis content.

Samsara,
été 2002

Ante-scriptum

les découvertes du sexagénaire

L'idée de ce livre m'est venue à partir d'une envie de cadeau. À la veille de mes soixante ans, j'avais écrit pour mes enfants une sorte de lettre, pour leur communiquer mes impressions devant cette échéance réputée symbolique. Ce texte, délibérément personnel, contenait déjà les principaux thèmes de *Vivre content*. Ce qui explique certaines redites. Si je le publie ici, en document complémentaire, c'est qu'il faisait figure, d'avance, d'application pratique de ce que vous venez de lire.

« J'ai décidé d'être heureux,
c'est meilleur pour la santé. »
(attribué à Voltaire).

Cette année, je n'ai pas le temps d'écrire un livre. Mais à vous, mes enfants, j'ai eu envie de dire l'effet que ça me fait de devenir sexagénaire.

« *J'ai bien trop à faire pour pouvoir rêver* », chantait Piaf. À faire... quoi, au juste ?

Encore un journal, *Psychologies*, le treizième, peut-être. Ça dépend comment l'on compte, mais ça ne change rien au côté répétitif de l'occupation. À croire que ça doit me plaire, ou que je ne sais faire que ça. L'un n'excluant évidemment pas l'autre.

Certes, *Psychologies* m'intéresse vraiment, et j'ai bien de la chance. Mais ce que j'ai vraiment à faire, plutôt que d'écrire un livre, c'est de vivre.

Ça doit être ça le dernier quart : la vie devient plus urgente, quasi prioritaire. Et peu importe sous quelle forme ; tout ou presque est bon à prendre.

Première découverte, parmi bien d'autres : avec l'âge on devient moins difficile (longtemps j'ai craint que ce ne soit l'inverse), et il devient plus aisé de se faire plaisir.

Tant que le corps ne faiblit pas, c'est une période plus légère, et j'en profite. Dennis la malice disait dans l'un de ses cartoons : *« J'aimerais être plus jeune, en sachant tout ce que je sais maintenant. »* Pour moi, c'est aujourd'hui. Même si la fin de ma jeunesse approche, elle n'en est pas, à ma surprise, encore là, et j'ai de nouvelles et belles raisons de mieux en profiter.

Raisons naturelles, sûrement communes à tous mes semblables. Elles naissent d'un changement de point de vue sur ma vie. À quarante ans, je faisais semblant de n'être plus si jeune, selon les conventions à cet âge, mais, comme les autres, je n'en croyais rien. Vingt ans plus tard, on ne plaisante plus avec sa chronologie et les statistiques, même si, avec un peu de chance et quelques efforts, on peut encore frimer quant à son état biologique.

Quand j'étais petit, les messieurs de soixante ans avaient du ventre, des lunettes et perdaient leurs cheveux. À l'âge que j'ai aujourd'hui, mon père ne courait plus assez vite pour me rattraper, moi qui n'avais que dix ans. Il est vrai qu'il n'avait pas de bonnes jambes et pas mal de kilos en trop. Maintenant, pour peu que l'on fasse un peu attention, on donne le change. Et surtout, intérieurement, on se sent formidablement bien. Pas encore de petits bobos gênants, du genre de ceux qui vous rappellent votre âge, dès le réveil. Et il suffit de quelques coups de main de la technologie contemporaine pour pallier les injures de surface (lentilles de vue et shampooings repigmentants). Mais le plus agréable, c'est directement dans le corps qu'on l'éprouve. Démarche souple, escaliers dans la foulée, forces intactes.

Tout ce qui auparavant semblait si normal que l'on ne prenait pas la peine d'en être content est soudain devenu une source de satisfactions intimes quotidiennes. On dit qu'après quarante ans on a la gueule qu'on se fait. À soixante, on profite du corps qu'on s'est fabriqué. Et l'on se retrouve souvent en train de se dire, non sans une pointe de vanité : « *so far so good* ». (Jusqu'ici, ça va.)

Deuxième découverte, donc, tout aussi simple :
le corps reste une riche source de satisfactions.

En fait je me sens, physiquement, tout aussi bien qu'à quarante ans, mais maintenant, ça m'épate. Changement de point de vue qui suffit à me réjouir à partir des mêmes éléments et donc pour pas cher. J'ai essayé de comprendre pourquoi je suis encore plus satisfait qu'avant. Car avant, ce n'était déjà pas mal, n'ayant jamais été du genre à me réveiller déprimé ni même triste.

Ces temps-ci, il m'arrive de plus en plus souvent de me dire, à propos du plus infime détail concret, que c'est une chouette journée. J'ai des raisons d'être satisfait : santé, amour, travail sont au diapason et me correspondent tout à fait. Il ne manquerait plus que de se plaindre. Simplement, dans cette phase de ma vie réputée plus aléatoire, je « compte mes bienfaits » (comme on dit en anglo-saxon) plus fréquemment.

Plus jeune j'étais à la recherche de nouveaux plaisirs : nouvelles rencontres, nouveaux projets, nouveaux lieux. Aujourd'hui, un peu moins : j'ai appris à profiter de ce que j'ai. Ce n'est pas seulement un bénéfice de l'âge. Car je ne suis toujours pas persuadé que la vision que l'on a de la vie s'améliore automatiquement avec le temps. C'est plus l'expérience qui fait la différence.

Ainsi, parmi mes chances, j'ai eu celle d'avoir eu les ennuis qu'il faut. Pas de tragédie qui vous casse l'envie de vivre, mais pas non plus de progrès sans nuages, qui donne l'illusion que l'existence est facile. Elle ne l'a pas été tout le temps, pour moi, ces dernières années, et j'ai même failli passer au bord de petits désastres (Groupe Expansion), ou pris des risques pas entièrement considérés (journal au Maroc). Ce qui en est résulté m'a suffisamment remis en cause, à mes propres yeux, pour acquérir une dose de modestie qui me manquait encore. Connaître un échec qui met fin à un parcours professionnel de quelque trente ans a ébranlé, un temps, ma confiance en moi. M'en sortir et repartir dans une autre direction, en terrain inconnu, m'a remis intérieurement en selle. Mais sans perdre cette nouvelle humilité dont j'apprécie chaque jour les bénéfices. Car elle m'aide beaucoup à profiter de tout ce que j'ai à vivre. Un peu comme pour ceux qui reviennent de loin, ce qui m'aurait paru banal ou neutre il y a encore quelques années brille intérieurement, comme une chance précieuse.

> Troisième découverte : c'est bien agréable d'être vivant, mais ça l'est encore plus de se sentir un peu survivant.

D'où viennent mes plaisirs, en cette saison de ma vie, que j'ai encore du mal à considérer comme un automne ? Tout ce qui vit : les enfants (surtout les miens et ceux des miens), les femmes (surtout la mienne), les animaux (même ceux des autres), et tous les personnages avec qui je suis en rapport chaque jour.

La chance veut que la plupart de ces derniers soient sympathiques ou, à défaut, intéressants. Je n'ai pas repris *Psychologies* pour l'argent que ça allait me rapporter mais pour rencontrer des humains de bonne qualité. Sur ce plan, ça marche, encore mieux que prévu. À tel point que si je disposais, soudain, de moyens accrus, je ne crois pas que je me lancerais dans d'autres acquisitions. Enfin redevenu artisan, je profite de ce contact direct, concret, détaillé, avec une équipe de personnes sympathiques, qui ont l'air d'aimer ce qu'elles font. Si j'ai donc choisi de me consacrer à un journal plutôt que d'écrire des livres, c'est pour rester ainsi proche des autres.

Mais je suis aussi réjoui par la nature, la musique, l'esthétique, et le croûton de pain frais que Perla dispose, le soir, à l'entrée de l'appartement, comme pour appâter une souris.

Dans la gamme des plaisirs, deux impressions physiques dominent : la lumière, sous toutes ses formes, ses intensités, ses couleurs, et toute la gamme des sensations de mon corps, encore très habitable. Bref, j'aime de plus en plus être animal, fréquenter le vivant, et, accessoirement, faire usage de mes neurones.

Quatrième découverte : c'est vraiment la vie et rien d'autre.

Et, à propos, quel sens de la vie, dans tout ça ? Peut-on se contenter d'un jour le jour souriant, qui peut tourner mal à l'improviste, au hasard d'une maladie (la sienne, ou pire, celle de l'autre), ou bien d'un dérapage dans un tournant, un jour de pluie ?

Une philosophie pour beau temps, ou ondées légères. Que ferais-je devant un vrai coup du destin ? Deux questions en une : le sens de la vie, et ma tenue face au drame. Sur la première j'ai presque déjà répondu dans les pages précédentes, étant parvenu à me convaincre que faire de sa vie son projet se justifie par lui-même.

Si quelqu'un m'affirme qu'il y a mieux, c'est qu'il possède (ou est possédé par) une foi qui me manque. Faute d'une certitude que nous ne sommes pas là par une simple loterie du cosmos, je ne « sais » qu'une chose : que je ne « saurai » rien de ferme sur les fins dernières de l'homme avant, moi-même, d'achever mon parcours. Pourquoi donc s'agiter en tous sens pendant le reste de mon âge, pour un shopping fiévreux de la révélation ou du maître à penser qui rassureraient ce mortel forcément tenté de savoir ce qu'il y a derrière le miroir ?

Soit dit en passant, ne serait-il pas bien plus difficile de vivre si l'on « savait » qu'il n'y a rien après ? L'ignorance, en la matière, n'est pas la plus inconfortable des positions, et je continuerai à m'en accommoder.

Donc, vivre pour vivre, mais conformément à quelques repères éthiques et esthétiques dont, à l'expérience, je me trouve bien. Et il me suffira que chaque journée soit réussie pour que ma vie, au bout du compte, le soit aussi.

Reste le risque de la tragédie personnelle, dont il faut admettre que la possibilité devient, les années passant, plus plausible. Devant une souffrance inéluctable, saurais-je me tenir ? Toute réponse serait, là aussi, présomptueuse. Nous savons bien tous qu'il y a des durs qui, dans ces circonstances, s'effondrent, et des effacés qui se révèlent stoïques.

J'y pense bien sûr souvent, comme à la mort, car le seul moyen de ne pas être totalement pris au dépourvu est de s'entraîner un peu psychiquement. Mais ça ne donne aucune garantie. Je me dis seulement que d'avoir, sans mal, renoncé aux grands desseins et aux projets ambitieux va dans la bonne direction. Quand on couche par terre, on ne tombe pas de son lit.

Après tout ce qui précède, je sens que mon propos devient plus grave, mais c'est pour être vrai, puisque ce genre de méditation fait aussi partie de mon quotidien intérieur. Et je suis persuadé que cette présence familière de l'ombre met en valeur les futilités savoureuses.

Cinquième découverte : détourner son regard de la mort serait passer à côté de bien des bonheurs.

Même si cela relève de l'oversimplification, j'ai l'impression, à ce moment de ma vie, qu'il y a inévitablement dans l'existence deux époques : celle où l'on pense pouvoir agir sur les choses, suivie de celle où il nous reste surtout à agir sur nous-mêmes. Quand le passage se produit-il ? Ce peut être à l'occasion d'un événement – rupture, rencontre ou accident de santé majeur. Bref une prise de conscience soudaine que l'on n'est pas grand-chose, et qu'à vouloir, comme je l'avais quelquefois ambitionné, « façonner son environnement », on restait à la surface des choses.

Cela peut également résulter d'un processus graduel, nourri de micro-expériences, qui finissent par forger la même conviction. Pour ma part ce fut un panachage des deux.

Né dans une famille où l'on voulait croire aux « destins nationaux » et même mondiaux, j'en avais acquis une confiance en moi simpliste.

Ce qui n'a pas que des inconvénients, dans les années où il s'agit d'assurer les bases matérielles et sociales du reste de votre existence. Mais, dès les grandes classes, au collège, j'avais été attiré par d'autres approches, plus philosophiques, qui, heureusement, relativisaient déjà, à mes propres yeux, le moindre de mes petits succès.

Ce qui m'a servi, au moment où la vie, qui se charge toujours tôt ou tard de vous ramener au réel, m'a placé devant mes propres limites. Pour continuer à être content, j'ai cessé alors de vouloir accroître ma surface d'action et reconnu qu'il me faudrait me contenter, en gros, de ce que j'avais.

Mais comme on ne peut jamais être statique, sous peine de se racornir ou, pire, de s'ennuyer, je me suis appliqué à mettre en œuvre un des principes de mon marrant de père : *« Il est plus facile de prendre sur soi que de prendre sur les autres. »* Passage, donc, à la deuxième « époque ». Celle où je me trouve aujourd'hui, pour y rester. La bonne nouvelle, c'est qu'on s'y sent mieux que dans la phase antérieure, car on attend moins des sources extérieures.

« Moins » ne voulant évidemment pas dire plus du tout, car tant qu'on aime, et qu'on vit en société, l'auto-suffisance est une illusion. Du moins réduit-on sa prise au vent.

Sixième découverte : le meilleur usage de la confiance en soi consiste à chercher précisément en soi les solutions.

Je me rends compte que le fait d'avoir accumulé les années m'a vraiment changé. C'est moins affaire de vieillissement, puisque mon corps ne l'accuse pas encore, que de passage du temps. Paul Valéry avait écrit : *« Le temps du monde fini commence. »* Une phrase que l'on nous citait en classe d'histoire pour illustrer le fait qu'au début de ce siècle, on avait pris conscience que la planète était petite et qu'on la connaissait désormais entièrement. Valéry, avec l'inévitable myopie de tout prévisionniste, n'avait évidemment pas vu venir la conquête spatiale.

Mais sa phrase, je la reprendrais volontiers à mon usage personnel. Mon monde me paraît, en effet, « fini », en ce sens que je sais qui je suis, où je suis, ce que je peux faire, et donc, en même temps, tout ce qui ne m'arrivera plus. Je ne saurai jamais le chinois ni probablement d'autres langues étrangères. Je n'aurai plus d'autres enfants. Je ne créerai plus d'autres entreprises, parce que je n'en ai ni l'envie ni les moyens. Je ne m'expatrierai pas, sauf circonstances fâcheuses. Je ne ferai ni politique, ni romans (?), ni invention significative.

Mon « monde fini » est là, je le connais, je m'y trouve bien, et c'est tant mieux parce que je ne dispose plus du temps nécessaire pour en bricoler un autre. Impression nouvelle, car, pendant longtemps, implicitement, on vit comme si l'on pouvait encore choisir de changer de vie. Soudain, l'horizon se rapproche, et l'on doit se faire à l'idée que les choses continueront à peu près comme elles sont maintenant. Ce doit être pour cela que les personnes âgées deviennent conservatrices. Elles ne sont plus dans la construction ni la conquête, mais dans le maintien de ce qu'elles ont. Ça n'a que peu à voir avec un rétrécissement de ses moyens physiques ou matériels, mais avec l'amenuisement du stock de ses années.

Septième découverte : on peut vieillir à partir de la tête, si on laisse le temps qui passe rétrécir son espace subjectif.

Je pourrais me satisfaire de me sentir alerte, de corps et d'humeur, mais je constate que j'ai encore tendance, à chaque occasion, de vouloir me le prouver. Je crains, en cela, de me comporter, banalement, comme ceux de mon âge. Combien de fois ne vais-je pas me dire : « Je peux encore faire cela » ? Jusqu'à ce que je ne puisse plus. Mon oncle Robert, devenu vieux, se voyait conseiller, par sa famille, d'arrêter de conduire. Il a demandé à la RATP de lui faire passer le permis de chauffeur d'autobus pour clouer le bec à tout le monde. Enfantin, certes, mais c'est peut-être cette ultime occasion de faire l'enfant qu'il recherchait. L'autre partie « raisonnable » de moi-même professe qu'il faut s'accepter comme on est et dans l'état où l'on est.

Mais je ne culpabilise pas de conserver l'envie espiègle de me prouver que je suis encore capable d'apprendre, de changer, de séduire, de faire des projets, de me contorsionner et même de me planter.

Ce doit être pour cela que l'animal, en moi, gagne du terrain. Il doit me souffler à l'oreille que tant qu'il peut gigoter et ressentir, je n'ai pas de vrais soucis à me faire. Il m'amuse, et je le laisse volontiers faire, même si, philosophiquement, je sais que, peu importe si mes forces me trahissent aujourd'hui, demain, ou dans dix ans, ça finira forcément par arriver. Mais comme aujourd'hui m'est devenu primordial, un jour heureux est une victoire. Je perdrai finalement la guerre, mais d'ici là, je peux livrer, et gagner, des batailles divertissantes.

Huitième découverte : le moyen le plus accessible pour se faire plaisir c'est de savoir abaisser son niveau de satisfaction.

Colette, encore elle (j'aurais aimé la rencontrer), disait : « *J'ai une mémoire merveilleuse : j'oublie tout.* » J'ai aussi cette chance. Oui, tout, même les offenses ou les avanies des autres. Avec des souvenirs qui s'accumulent, on doit finir par avoir du mal à avancer. Et j'ai toujours senti que les regrets et les ressentiments s'apparentaient à du poison. Grâce à la discrétion de mon passé, je me réveille chaque jour léger, presque neuf pour renouer avec la vie qui s'étend encore devant moi. Et sans être, heureusement, amnésique sur les grandes émotions de mon parcours (n'est-ce pas l'émotion qui fixe la mémoire ?), je me sens rarement tiré en arrière par l'évocation de ce que j'ai déjà vécu. Ma quête spontanée est celle de ces chefs-d'œuvre éphémères : les instants réussis. Un échange plaisant, un travail qui m'inspire, un beau spectacle, une bouffée de plaisir physique, sont ce qui peut m'arriver de plus gratifiant. Et j'y suis d'autant plus sensible que je sais qu'après, je passerai à autre chose, tant il me reste encore à ressentir et à éprouver. Je sais aussi que mon peu de mémoire a dû, en même temps, réduire mon aptitude à créer et approfondir, mais au total, je préfère qu'il m'ait gratifié d'une relative insouciance, qui m'a évité de déprimer ou de me prendre au sérieux.

Neuvième découverte : trop se souvenir fait de l'ombre au présent.

J'avais illustré *À mi-vie* de quelques dessins humoristiques. L'un d'entre eux montrait une file d'attente, et la légende disait : « Non, ce n'est pas la queue pour le progrès et le bonheur, mais celle pour la force d'âme et l'acceptation des choses comme elles sont. » Vingt ans plus tard, je réalise qu'il n'y a pas contradiction entre ces termes, qu'ils sont bien plutôt complémentaires. Le bonheur, je l'ai appris, ne peut exister sans l'acceptation des choses comme elles sont. Ou alors, il serait bien illusoire et fragile.

Et plus on sait comment les choses se passent vraiment, dans les relations aux autres, dans le travail d'équipe, ou dans ses propres capacités, plus on réduit les risques de se raconter des histoires. Enfin, on devrait...

Je partage avec Comte-Sponville la conviction que ce qui rend malheureux c'est d'espérer constamment autre chose. J'avais longtemps cru que se contenter de ce que l'on a était une voie sûre vers une vie étriquée. Je ne nie pas que cela puisse nous amener à manquer d'ambition, car cela ne valorise guère l'audace. Mais il faut, à certains tournants de son existence, savoir si l'on veut être puissant, riche, célèbre, ou plutôt heureux. Si l'on a pu dire que la gloire était le deuil éclatant du bonheur, ce doit être que je ne suis pas le premier à m'être aperçu que ces deux pistes-là avaient souvent tendance à diverger. Jusqu'au jour où l'on parvient à se dire : « Peu m'importe d'atteindre le sommet de la taupinière que j'escaladais jusqu'ici, ce que je veux vraiment, c'est vivre heureux. » Et se le dire sans le moindre regret.

Dixième découverte : il faut du temps pour mettre en pratique, soi-même, ce que l'on avait lu et entendu dire, depuis longtemps.

Et maintenant où vais-je, et pour combien de temps ? Je n'ai, comme tout mortel, pas de doute sur la destination finale, mais je me trouve bien de ne pas pouvoir connaître la durée ni les méandres du parcours. Je n'ai pas de curiosité sur mon avenir, mais j'agis comme si mon attitude quotidienne avait des conséquences sur la qualité de mes lendemains.

Santé, alacrité mentale, optimisme, capacité à aimer, bref tout ce qui rend la vie vivable est encore, au moins partiellement, à ma portée (et ce n'est pas la peine d'ajouter « sauf accident », ça va de soi). Tant que j'en aurai la capacité, je vais donc continuer exactement comme en ce moment.

Et puis, un jour ou l'autre, ce sera plus difficile. Mais à l'âge que j'ai aujourd'hui, puisqu'on sait que l'hiver se rapproche, je profite d'autant mieux de l'été indien. Plus tard, j'aimerais vieillir lucide, conscient, gentil et gai. Quant aux rhumatismes et autres atrocités, je continue à faire confiance aux progrès de la science, même si j'en apprends de plus en plus sur ses bavures.

Enfin, j'aimerais mourir jeune, le plus tard possible, pour voir grandir mes petits-enfants, profiter du plaisir de partager la vie d'une femme exceptionnelle, continuer à jouer avec les machines qui parlent et qui transmettent.

Ma dernière découverte résume toutes les autres : tant que l'on regarde sa vie comme une durée qui s'écoule depuis notre naissance, elle paraît, vers ces âges-là, se raccourcir dangereusement. Mais si on la considère par l'autre bout, on trouve que le temps qui reste est précieux et encore appréciable.

Surtout si, ce soir, il y a un bon dîner.

J.-L. S.-S.

TABLE

Un aveu préalable

189

Composition réalisée par NORD COMPO

IMPRIMÉ EN FRANCE PAR BRODARD ET TAUPIN
La Flèche (Sarthe).
N° d'imprimeur : 27277 – Dépôt légal Éditeur : 53343-01/2005
LIBRAIRIE GÉNÉRALE FRANÇAISE – 31, rue de Fleurus – 75278 Paris cedex 06.
ISBN : 2 - 253 - 11221 - 6 ◈ 31/1221/6